KB160665

남명선생편년南冥先生編年

이 책은 2010년도 경상남도 지원금에 의해 개발되었음

경상대학교 남명학연구소
남명학교양총서 19

남명선생편년南冥先生編年

장원철 · 전병철

景仁文化社

『남명선생편년』을 내면서

　잘 알다시피 실천 위주의 학문을 주창하였던 남명 선생은 저술을 그다지 중시하지 않았고, 그나마 지은 글의 원고도 그다지 거두지 않았으므로 남아 있는 시문이 아주 적은 형편이다. 그러나 남명이 직접 저술한 시문의 분량이 적다고 해서 그의 사상이나 정신세계에 대한 연구와 평가를 소홀히 할 수는 없는 노릇인지라 남명학연구소에는 이를 보완할 목적으로 남명의 생애와 전기에 관련된 일련의 문헌을 정리하는 작업을 기획하여 시행해왔다. 기존에 간행된『남명의 삶과 그 자취(1)』(이상필, 경인문화사, 2007),『조선왕조실록에 보이는 남명 조식』(최석기, 경인문화사, 2009),『남명 그 위대한 일생』(허권수, 경인문화사, 2010) 등의 업적은 바로 그러한 과정에서 생겨난 소중한 연구의 성과물이라고 하겠다.

　여기 새롭게 펴내는『남명선생편년』은 본래 이건창(李建昌)의 서문에서 밝혀 놓았듯이, 1897년『남명선생전집(南冥先生全集)』을 간행할 때 기존의「남명선생연보」가 소략하고 여러 곳에 오류가 있어 그것을 보완하기 위해 편찬·간행되었다. 또한「남명선생편년의례」에서 말한 것처럼, 남명학파 학자들의 문집이 편년을 편찬할 무렵에 많이 발간되어 이에 근거하여 남명과 관련된 자료들을 더욱 보충할 필요가 있었다고 하였다. 따라서 이 책이 만들어지기 전까지 남명에 관한 전기 자료 가운데 가장 상세한 자료가 「남명선생연보」였다는 점과 남명학파의 문집들이 당시에 다수 발간되었다는 사실을 감안한다면, 『남명선생편년』은 이전의 자료들을 풍부하게 검토하고 관련된 제반 사실들을 명확하게 분변함으로써, 남명의 생애와 관련된 사적을 이해하는 데에 가장 중요하고도 기본적인 저술로서의 성격을 지녔다고 하겠다.

이러한 『남명선생편년』은 1980년 덕천서원에서 『남명선생문집』 국역본을 간행할 적에 한학자였던 이익성(李翼成) 씨에 의해 비교적 이른 시기에 현대어 번역이 이루어졌다. 이 당시의 번역본은 편년 1권 1책을 비롯하여 문집 5권 2책, 『학기유편(學記類編)』 5권 2책 등 모두 11권 5책을 국역한 것으로, 남명의 저술 및 전기 자료를 국역한 선구적 작업으로서의 의의를 평가할 수 있다. 그러나 당시에는 남명 및 남명학과 관련된 연구가 미진한 상태였으며, 특히 제자와 사숙인에 관한 연구는 거의 이루어지지 않았던 형편이므로『남명선생편년』에 관한 이해와 번역의 결과 역시 그다지 만족스러운 결과를 얻지 못하였다고 하겠다. 그 때로부터 30년이 지난 오늘에 다시 『남명선생편년』을 번역하고자 하는 까닭은 그동안 남명 및 남명학파에 관한 연구 성과가 상당한 정도로 이루어졌으며, 『남명집』・『학기유편』 등의 남명의 주요 저술 및 관련된 전기 자료의 번역이 대폭 수정・보완되었기 때문이다. 그리하여 이와 같이 축적된 연구 성과와 수정・보완된 전기 자료들을 기반으로 하여 다시금 『남명선생편년』을 번역할 필요성이 제기되었으며 여기에 내놓는 『남명선생편년』은 그러한 작업의 결과물로서 일정 정도 의의를 지니고 있다고 하겠다. 모쪼록 이번에 펴내는 『남명선생편년』이 남명의 생애와 그 사상 및 학문 세계를 새롭게 이해하는 데에 작은 보탬이 되었으면 하고 바라는 바이다.

이번에 펴내는 국역본은 경상대학교 문천각에 소장된 『남명선생편년』(古[면우] B9I 강44ㄴ v.1)을 저본으로 삼았다. 아울러 번역 과정에서는 『국역 남명집』(남명학연구소, 한길사, 2001), 『남명의 삶과 그 자취(1)』(이상필, 경인문화사, 2007), 『조선왕조실록에 보이는 남명 조식』(최석기, 경인문화사, 2009), 『남명 그 위대한 일생』(허권수, 경인문화사, 2010) 등 남명의 생애에 관련

된 저술과『남명학파의 형성과 전개』(이상필, 와우출판사, 2005),
『남명선생 문인자료집』(김경수·사재명, 남명학연구원출판부, 2001)
등 남명학파 문인에 관련된 여러 업적들을 두루 참고하였음을
밝혀 둔다.

2011년 2월

장원철, 전병철 삼가 씀

목 차

제 1 장

「남명선생편년서南冥先生編年序」

남명 선생의 전집全集을 덕산德山에서 개간改刊하였는데, 공역이 마쳐지자 일을 맡은 여러 사람들이 다시 말하기를 "문집과 연보年譜는 마치 말을 기록한 『서書』, 일을 기록한 『춘추春秋』와 같으니, 하나라도 빠트릴 수 없습니다. 그런데 옛 연보는 소략하고 오류가 있으니, 어찌 새로 만들지 않겠습니까?"라고 했다. 이에 별도로 이름을 정하여 '남명선생편년南冥先生編年'이라 하고, 공적 기록이나 사적 자료에 실린 것을 널리 찾아 취합하며, 또 제현諸賢이 칭송한 말씀을 뒤에 붙여 한 권의 책으로 묶어 이어서 간행하였다.

강병주姜柄周 군이 여러 사람의 말씀을 위임받아 와서 나에게 서문을 지어달라고 하였다. 나는 재주가 미련하고 학문이 비속하여 대도大道의 뜻을 듣지 못했거늘, 어찌 감히 분부를 받들 수 있겠는가. 그러나 스스로 생각해보건대, 어린 시절부터 남명 선생을 존모할 줄 알았지만 지금에 이르기까지 세월을 허송하면서 처음 먹었던 마음에 가책을 느끼며 지내왔는데, 바로 눈 앞에서 우주宇宙의 큰 변란을 보자 마음이 허탈해 살고 싶은 생각조차 없었다.

여러 사람이 편지와 폐백을 보내오고 발이 부르트면서 찾아온 것이 마침 이러한 때였다. 이전에는 우리 유학과 관련된 이 일을 큰 산과 긴 골짜기 사이에 맡겨두고 다른 세상에 있는 듯 바라보며 개탄하였는데, 손을 씻고 단정히 절을 올린 후 전서全書를 펼쳐 읽다가 편년에 이르자 더욱 숙연히 선생을 직접 뵙는 것처럼 나의 곤궁함을 위로하고 나의 어리석음을 깨우쳐 주시는 듯하였다. 나도 모르게 슬픔과 기쁨이 마음속에서 교차하여 일에 참여하게 된 것을 다행으로 여기는 마음을 내심 가눌 수 없었으므로, 마침내 사양하지 못했다.

아, 성현의 도가 행해짐과 행해지지 않음은 하늘의 뜻이다. 비록 당시에는 행해지지 못했지만 결국에는 후세에 밝혀질 수 있는 것은 사람에 의해서이다. 그러나 덕을 아는 자가 대체로 드물고, 게다가 덕은 알지만 말을 잘 아는 자는 더욱 드물다. 중니仲尼의 성聖에 대해, 자공子貢이 그 덕행을 잘 말하여 "하늘과 같아 딛고 오를 수 없으며[1], 일월日月과 같아 넘을 수 없다[2]."고 했다.

---

1) 『논어』「자장子張」. "叔孫武叔毀仲尼 子貢曰 無以爲也 仲尼不可毀也 他人之賢者 丘陵也 猶可踰也 仲尼 日月也 無得而踰焉 人雖欲自絶 其何傷於日月乎 多見其不知量也"

2) 『논어』「자장子張」. "陳子禽謂子貢曰 子爲恭也 仲尼豈賢於子乎 子貢曰 君子一言以爲知 一言以爲不知 言不可不愼也 夫子之不可及也 猶天之不可階而升也 夫子之得邦家者 所謂立之斯立 道之斯行 綏之斯來 動之斯和

그가 자금子禽에게 답하면서 그 덕의 아름다움을 형용한 것은 다섯 마디 말뿐이었다. 맹자孟子는 아성亞聖으로 높고 우뚝하다[巖巖]고 일컬어졌는데, 한자韓子-韓愈가 오직 그 분의 순수함[醇]에 대해 말했다. 송나라 때의 큰선비 소자邵子(邵雍)는 영특하고 호쾌하다는 말을 들었는데, 정자程子(程顥)가 '자연스러우면서 완전하다[安且成]'라는 말로 표현한 이후에야 공론이 비로소 정해졌다. 소자邵子를 아는 자로서 누가 정자程子만 할 것이며, 맹자를 추존하는 자 가운데 또 누가 한자韓子 같을 것인가?

이로 말미암아 말한다면, 말이란 많음을 귀하게 여기지 않는다. 선생의 성대한 덕과 위대한 업적은 살아있을 때부터 온 나라가 으뜸으로 삼았다. 그러나 선생은 자신을 감추어 간직한 채 일생을 마쳤다. 선생이 돌아가시고 몇 해가 지난 후, 당론黨議이 분열되기 시작했다. 선생의 문하에 불행하게도 음험한 사람이 있어 바야흐로 뜻을 얻어 멋대로 설치다가 마침내 패망하게 되었다. 이리하여 세상에서 선생을 논평하는 자들이 또한 동이同異가 없을 수 없었다. 선생을 높이고 그 분의 덕을 일컫는 자들은 대체로 "그 우뚝하고 영걸찬 기상은 발돋음을 해도 미칠 수 없다"라고 말하는 것이 많았으며, 또 단지 선생이 저술을 일삼지 않은 것만 보고는 혹 말하기를 "오로지 간략約함만을 추구하였다"라고 했다. 이 어찌 선생을 아는 자들이겠는가.

타고나는 성품에는 강함과 유약함이 있고, 공부에는 둘러감과 바로감이 있으며, 자취에는 드러남과 감춰짐이 있지만, 깊이 나

其生也榮 其死也哀 如之何其可及也"

3

아가 스스로 터득하여 마땅히 그쳐야 할 곳에 그치는 데에 이르러서는 고금의 성현이 애초에 동일하지 않은 것이 아니다. 선생의 말씀에 "나는 이 세상을 잊은 사람이 아니니, 소원은 공자를 배우는 것이다"라 했으며, 또 세상의 군자들이 세상에 나아가 쓰이면서 송나라 원풍元豊연간의 대신들[3]과 같은 처지가 되는 것을 알지 못하는 것에 대해 깊이 애석하게 여겼다. 이것을 보면 선생의 뜻을 알 수 있다. 또 그 말씀에 "학문을 할 적에 지식이 높고 분명하게 되도록 해야 하니, 마치 태산泰山에 올라 만물이 모두 내려다보인 것과 같은 뒤에라야 내가 행하는 바가 이롭지 않음이 없을 것이다."라고 했다. 또 "학문은 욕심을 줄이는 것[寡欲]보다 우선되는 것이 없으니 자신의 사욕을 이겨내는 데[克己]에 힘을 쏟아야 하며, 경敬을 유지하는 것[持敬]보다 긴요한 것이 없으니 한 가지 일에 마음을 집중하는 데[主一]에 공부를 해야 할 것이다. 학문을 할 적에 주일主一함이 부족하다면 그 학문은 거짓된 것이다."라고 했다. 또 경의敬義의 설을 제시하여 학자들에게 가르치기를, "이것은 지극히 절실하고 중요한데, 요체는 공부를 익숙하게 하는 데에 있다. 공부를 익숙하게 한다면 하나의 사물도 가슴 속에 있지 않을 것이다."라고 했다. 이러한 것에서 또한 선생의 학문을 볼 수 있다. 그러므로 대곡大谷 성운成運

---

3) 원풍元豊연간의 대신들 : 원풍은 송나라 신종神宗의 연호이다. 원풍연간의 대신들은 사마광司馬光·여공저呂公著 등을 말한다. 신종이 승하하자, 정호程顥가 "군실君實(사마광의 자)은 충직하나 같이 더불어 일을 의논하기가 어렵고, 회숙晦叔(여공저의 자)는 일을 이해하나 능력이 부족하다."라고 평했다. 그 뒤 과연 왕안석王安石 일파에게 모두 밀려났다.

남명선생편년南冥先生編年

(1497-1579)[4]이 선생에 대해 논평하기를 "학문이 완전하고 순수하다"고 했다. 완전하고 순수한 경지에 이르렀다면, 다만 우뚝하다고 말한 것은 겉으로 드러난 기상일 뿐이다. 대곡 성운은 덕을 알고 말을 안다고 말할 수 있겠다. 청하노니 이 말을 게시하여 일을 맡은 여러 사람에게 아뢴다.

정유丁酉(1897)년 3월 상순에 후학 완산完山 이건창李建昌이 삼가 쓰다.

▪ 南冥先生編年序

南冥先生全集 改刊于德山 工旣蕆矣 將事諸子復謂文集年譜 如記言爲書 記事爲春秋 不可闕一 舊年譜 病疎繆 盍亦新之 乃別命曰南冥先生編年 博求公私載籍而審取之 又以諸賢讚述語附于後 都爲一卷而續刊之 姜君柄周 以諸子之言 來命序于建昌 建昌輇才俗學 未嘗聞夫大道之旨 其何敢承 然自惟童艸 卽知誦慕先生 蹉跎至今 負疚於初心 而目覩宇宙之大變 忽忽欲無生 諸子之致書布幣 重繭而見訪 乃在斯時 旣已 歎斯文一事 猶寄大山長谷之間 慨然如異世而相望 及盥手端拜 發全書而讀之 以訖編年 則又肅然如親見先生 慰我之窮 而警我之昏 不自知其悲喜之交于中而窃不禁與事之幸 是以不獲終辭 嗚乎聖賢之道 有行有不行天也 其雖不行於時 而卒得而明於後者人也 然知德者 蓋鮮矣 而知德而又能知言者益鮮 夫以仲尼之聖 子貢善言德行

---

4) 대곡大谷 성운成運 : 자는 건숙健叔, 호는 대곡大谷·허보虛父·삼산병인三山病人이며, 본관은 창녕昌寧이다. 남명의 벗으로서, 「남명선생묘갈南冥先生墓碣」을 지었다.

天之不可階而升 日月之不可踰 而其答子禽形容其德美 則五言
而已 孟子亞聖 有以巖巖稱之 而韓子惟言其醇 有宋大儒邵子
以英豪稱 而程子得安且成之語 然後論始定 知邵子者孰如程子
而推尊孟子者 又孰如韓子耶 由是言之 言固不貴乎多也 先生盛
德大業 自其在時 通國既宗之 而先生則卷而懷之 以終其身 先
生沒有年 黨議始裂 而先生之門 不幸有憸人 方其得志 專爲張
王 遂以敗僇 世之尙論先生者 又不能無同異 而其宗先生而述其
德者 率多言其巖巖英豪 若不可跂以及 而又徒見先生 不事著述
或謂其壹於約也 是豈知之者哉 夫受稟有剛柔 用工有紆直 著跡
有顯晦 至其深造自得 而止於所當止則古今聖賢未始不一也 先
生之言 曰我未忘斯世者也 所願學孔子也 又深惜世之君子 出爲
世用 不知與元豐大臣同之之義 觀乎此 可以見先生之志矣 又其
言 曰爲學要使知識高明 如上東岱 萬品皆低 然後惟吾所行無不
利 又謂學莫先於寡欲 當致力於克己 莫要於持敬 當用工於主一
學而欠主一則其爲學僞耳 又提敬義說 指授學者 此極切要 要在
用工熟 熟則無一物在胸中 於此亦可見先生之學矣 故大谷成公
論先生則曰學成而醇 夫至於成而醇 則巖巖特其氣象耳 若成公
可謂知德矣 可謂知言矣 請揭斯語 以復于諸子 丁酉三月上澣
後學完山李建昌敬書

남명선생편년의례南冥先生編年義例

노선생老先生의 유문 중에서 흩어져 없어진 것이 많아 전해지는 것이 대체로 적다. 그리고 친구와 문인들이 서술하고 밝힌 것도 모두 그 말이 한결같지 않은데, 심지어 망실되어 전해지지 못한 것도 있다. -각재覺齋 하항河沆(1538-1590)[1]이 쓴『언행록言行錄』한 통이 있었는데, 화재에 소실되었다- 노선생의 명언名言과 법어法語, 실행實行과 실적實跡 가운데 후학에게 모범될만한 것이 열에 두 셋도 안 될 정도로 잃어버렸다. 연보年譜의 편찬이 백년 뒤에야 이루어져 편린을 수습하여 제법 상세히 갖추어졌다. 그러나 사적의 연대가 멀고 증빙할 만한 자료가 적어서 소략하고 잘못된 곳이 없지 않다. -예를 들자면, 이중망李仲望[2]이 선물한

---

1) 각재覺齋 하항河沆 : 자는 호원浩源, 호는 각재覺齋이며, 본관은 진양晉陽이다. 남명의 문인으로, 「조남명선생명南冥曺先生銘」을 지었다.
2) 이중망李仲望 : 이름은 림霖이며, 중망은 그의 자이다. 이림(?-1546)의 본관은 함안이며, 1524년 급제하여 1545년에 병조참의兵曹參議에 이르렀으나,

심경心經의 끝에 발문을 적은 때가 갑진甲辰년에 있어서는 안 되
는 것과 같은 종류이다. 또 여러 조목에서 사실과 다른 부분이
있는데, 해당하는 연도의 아래에 이미 그런 사실을 드러내었다.-

근래에 와서 여러 선현의 문집이 세상에 많이 간행되어 조금
이나마 선생의 문자를 찾아낼 수 있었다. 비록 선생의 크고 온전
한 면모를 보기에는 부족하겠지만, 그런대로 덕의 만분의 일 정
도는 상고할 수 있으므로, 지금 대략이나마 수집하여 별도로 이
책을 만들어 연보에서 빠진 부분을 보충하였다. 급문한 제현 중
에서 연원록淵源錄에는 실려 있지만 정확한 연월年月을 살필 수
없는 이들은 우선 기록에 넣지 않고 훗날 다시 상고하기를 기다
린다. 자잘한 사항 가운데 의심스러워 감히 어느 때라고 단정 지
을 수 없는 것들은 모두 그 아래에 주註를 달아 사체事體를 중시
하였다.

- 南冥先生編年義例

老先生遺文 旣多散逸 傳者蓋寡 而知舊門人所爲稱述發明之
者 又皆不一其辭 至或亡失不傳 (覺齋河公有言行錄一通 失於
燬燼之中) 其名言法語實行實跡之可謂後學矜式者 十無二三 年
譜之編 成於百年之後 收拾斷爛 亦頗詳備 然事遠徵少 不無疎
謬 (如跋李仲望心經 不當在甲辰年之類 又有數條爽實處 已見
於本年之下) 近年以來 諸賢文集 多行於世 稍稍可采 雖不足以
見先生之大全而猶可爲考德之萬一 今粗爲蒐輯 別成此編 以補

을사사화에 연루되어 의주로 장배杖配되었다가 이듬해 사사되었다.

年譜之闕 其及門諸賢之已載於淵源錄 而未及詳其年月者 姑不
附入 以俟後日更考 微細事目之有涉疑貳 不敢斷以何時者 並附
註其下 以重事體

◎ 1세: 1501년(연산군 7, 신유, 홍치弘治 14)
　　6월 26일壬寅 진시辰時에 선생이 삼가현三嘉縣 토동兎洞 외조
　　부 충순위忠順衛 이국李菊의 집에서 태어났다.

　• 선생의 증조부 생원 조안습曹安習이 처음으로 삼가의 판현
板峴에 살았다. 부친 판교 조언형曹彦亨이 이씨李氏의 집안에 장
가를 들어 비로소 이씨가 거주하던 토동에 살게 되었다. 어떤 술
사術士가 집터를 보고 말하기를, "이 곳에서 아무 해에 마땅히
성현이 태어날 것이다"라고 하였다. 이 때에 선생이 태어나셨는
데, 용모가 깨끗하고 울음소리가 우렁찼다. 이공李公3)이 매우 기
이하게 여겨 몸소 대나무로 불을 지펴 밥과 국을 끓이면서 말하
기를, "술사의 말이 이처럼 들어맞았으니, 조씨의 가문이 창성하
겠구나"라고 하였다. 세상에 전하는 말에 의하면, 선생이 태어나
셨을 때 무지개 같은 기운이 집 앞 팔각정八角井에서 뻗어 나와
산실에 찬란한 빛이 가득했다고 한다.
　　선생의 휘는 식植, 자는 건중楗仲, 호는 남명南冥·산해山海이며,
-배우는 자들이 산해 선생이라 일컬었다- 또는 방장노자方丈老子
-「영모당기永慕堂記」에 보인다- 또는 방장산인方丈山人 -퇴계가

_____

　3) 이공李公 : 외조부 충순위 이국을 가리킨다.

지은 「강성군비각기江城君碑閣記」에 보인다-이라고도 하였다.

皇明孝宗弘治十四年廢主燕山七年辛酉

六月二十六日壬寅辰時 先生生于三嘉縣兎洞外王考李忠順衛
菊家

· 先生 曾王考生員安習 始居于三嘉之板峴 先大夫判校彦亨
授室于李氏之門 始李氏之居兎洞也 有術士相宅 曰此地某年 當
生聖賢 及是 先生生 容貌粹然 聲音洪亮 李公甚異之 親自爇竹
作飯羹 曰術士之言乃驗 曹門其昌乎 世傳 先生生時 有氣若虹
起宅前八角井 光耀滿室 先生諱植 字楗仲 號南冥 又山海 (學者
稱山海先生) 又方丈老子 (見永慕堂記) 又方丈山人 (見退溪文江
城君碑閣記)

◎ 2세: 1502년 (연산군 8, 임술, 홍치弘治 15)

十五年 壬戌 先生二歲

◎ 3세: 1503년 (연산군 9, 계해, 홍치弘治 16)

十六年 癸亥 先生三歲

◎ 4세: 1504년 (연산군 10, 갑자, 홍치弘治 17)

十七年 甲子 先生四歲

◎ 5세: 1505년 (연산군 11, 을축, 홍치弘治 18)

十八年 乙丑 先生五歲

◎ 6세: 1506년 (연산군 12 · 중종 1, 병인, 정덕正德 1)

武宗正德元年 中宗大王元年 丙寅 先生六歲

◎ 7세: 1507년 (중종 2, 정묘, 정덕正德 2)
  가정家庭에서 글을 배웠다.

 • 선생은 총명이 뛰어나고 조숙하였다. 말을 하게 되자 판교
공이 입으로 『시경詩經』과 『서경書經』을 가르쳤더니, 대번에 외
우고 잊지 않았다. 이 해에 학업을 시작하니, 감독하지 않아도
부지런히 익혔으며, 의심스럽거나 불분명한 곳이 있으면 반드시
질문을 해서 환하게 이해한 이후에 그만 두었다. 몸가짐이 조용
하고 점잖아서 어른 같았으며, 또래의 아이들과 몰려다니며 놀
지 않고 장난감을 가지고 놀지 않았다. 사람들이 모두 장차 크게
되리라 기대했다.
 대곡大谷 성운成運이 선생을 위해 지은 제문에 다음과 같이 말
하였다. "우뚝한 산악의 정기를 타고 났으니, 천년 만에 시기에
응하였네. 아름다운 자질 깨끗하였고, 뛰어난 재주 빼어났네. 어
린아이 때로부터, 의젓이 어른스러웠네. 앉을 적에 정해진 자리

있었고, 몸은 당堂 아래로 내려가지 않았네. 단정히 엄숙하고 연못처럼 침묵하니, 보는 사람들 크게 감동했네."

二年丁卯先生七歲

受學於家庭

▪先生 穎悟夙成 自能言 判校公口授詩書 輒成誦不忘 是年就學 不督而勤 至疑晦處 必質問曉解後已 擧止靜重若成人 不逐群兒戱嬉 不執遊弄之具 人皆以遠大期之 成大谷運 祭先生文有曰 稟精崇嶽 千載應期 美質清粹 英才穎脫 其在兒齒 兀乎老蒼 坐有常處 身不下堂 端嚴淵默 見者動魄

◎ 8세: 1508년 (중종 3, 무진, 정덕正德 3)

三年 戊辰 先生八歲

◎ 9세: 1509년 (중종 4, 기사, 정덕正德 4)

▪선생이 병에 걸려 위독하게 되자 어머니가 매우 걱정하였다. 선생이 아픈 것을 참고 기운을 내어 조금 낫다고 말씀드렸다. 또 말하기를 "하늘이 사람을 태어나게 한 것이 어찌 우연이겠습니까? 지금 제가 다행히 남자로 태어났으니, 하늘이 반드시 부여한 사명이 있어 다소의 일을 하게 될 것입니다. 어찌 오늘 갑자기 요절하게 될까 걱정하겠습니까?"라고 하였는데, 들은 사

람들이 기이하게 여겼다.

四年己巳先生九歲
　‧先生嬰疾方危 母夫人甚憂之 先生輒强疾作氣 告以小間 且
曰天之生人 豈徒然哉 今我幸而生得爲男 天必有所與 做得多少
事業 豈憂今日遽至夭歿乎 聞者異之

◎ 10세: 1510년 (중종 5, 경오, 정덕正德 5)

　五年 庚午 先生十歲

◎ 11세: 1511년 (중종 6, 신미, 정덕正德 6)

　六年 辛未 先生十一歲

◎ 12세: 1512년 (중종 7, 임신, 정덕正德 7)

　七年 壬申 先生十二歲

◎ 13세: 1513년 (중종 8, 계유, 정덕正德 8)

八年　癸酉　先生十三歲

◎ 14세: 1514년 (중종 9, 갑술, 정덕正德 9)

九年　甲戌　先生十四歲

◎ 15세: 1515년 (중종 10, 을해, 정덕正德 10)

十年　乙亥　先生十五歲

◎ 16세: 1516년 (중종 11, 병자, 정덕正德 11)

十一年　丙子　先生十六歲

◎ 17세: 1517년 (중종 12, 정축, 정덕正德 12)

十二年　丁丑　先生十七歲

◎ 18세: 1518년 (중종 13, 무인, 정덕正德 13)
　　판교공을 뫼시고 단천端川에서 서울 집으로 돌아왔다.

　▪ 판교공이 단천 군수가 되었을 때, 선생이 함께 따라가 관아

에 머물렀다. 매일 아침과 저녁으로 문안을 마치고 나면 방을 깨끗이 쓸고 마음을 기울여 공부에 힘썼다. 깨끗한 대접에 물을 담아 양손으로 받쳐 들고 밤새도록 엎질러지지 않게 하였는데, 이것은 뜻을 유지하는[持志] 일이었다. 허리띠에 쇠방울을 차고서 '성성자惺惺子'라 불렀는데, 이것은 정신을 일깨우는[喚醒] 공부였다. 글을 보면 열 줄을 한꺼번에 읽었다. 이미 경전·제자백가·역사서 등을 두루 섭렵하고 관통하였으며, 천문天文·지지地志·의방醫方·수학數學·궁마弓馬·항진行陣·관방關防·진수鎭戍에 이르기까지 잠심하여 깊이 알지 못하는 것이 없어 세상의 쓰임에 응하려 하였다. 문장文章과 공업功業으로 한 시대를 풍미하고 천고에 뛰어날 뜻을 스스로 기약하였다.

이전에는 판교공이 서울 장의동壯義洞에 옮겨 살았었다. 대곡의 제문에, "예전 서울에서, 바로 옆집에 이웃했었네. 아침에 이야기를 나누어 저녁까지 이르렀고, 밤에는 침상을 같이 하여 잠들었네. 절차하고 탁마하여 오직 도道와 덕德을 추구하였네."라고 하였다. 이 제문을 살펴본다면, 이때 선생은 서울에 있는 것이 분명하다. 「연보年譜」에 "아버지를 뫼시고 남쪽으로 돌아왔다"라고 한 것은 아마도 잘못 파악한 것이다.

十三年戊寅先生十八歲

陪判校公 自端川歸京第

▪判校公守端川郡 先生隨在衙中 每晨昏畢 淨掃一室 刻意用工 嘗以淨盞貯水 兩手捧之 終夜不傾 是爲持志之事也 衣帶間

남명선생편년의례 南冥先生編年義例

佩金鈴 謂之惺惺子 是爲喚惺之工也 觀書十行俱到 於經傳子史
旣涉獵融貫 至如天文地志醫方數學弓馬行陳關防鎭戍 靡不留
意究知 以爲應世之用 自許以文章功業有駕一世軼千古之意 先
時判校公 移居于京中壯義洞 大谷祭文曰 昔在洛都 連棟爲鄰
朝談侵夕 夜眠同床 琢之磨之 惟道與德 觀此則此時 先生 在京
中明矣 年譜 陪先大夫南歸 恐失照管

◎ **19세: 1519년 (중종 14, 기묘, 정덕正德 14)**
   벗들과 함께 산사山寺에서 『주역周易』을 읽었다.

   • 선생이 독서를 한 순서에 관해서는 문헌文獻이 없으므로, 연
도를 따라 제목으로 표기할 수 없다. 그러나 어떤 사람의 물음에
답하기를 "예나 지금이나 학자들이 『주역』을 연구하기 어려우
니, 사서四書를 익숙하게 알지 못하기 때문이다. 사서를 정밀하
고 익숙하게 연구하여 참됨이 쌓이고 힘씀이 오래된다면, 도道를
알 수 있을 것이며, 『주역』을 연구하기도 거의 어렵지 않을 것이
다."라고 하였다. 이 말을 살펴본다면, 선생이 학문을 하는 데에
순서가 있었음을 짐작할 수 있다.

◎ **12월에 정암靜庵 조趙 선생先生의 부음訃音을 들었다.**

   • 11월에 사화士禍가 일어나 한 시대의 훌륭한 선비 중에서
귀양을 가거나 벼슬이 금지된 자가 거의 수백 명에 달하였다. 선
생의 숙부 좌랑佐郎 조언경曹彦卿도 여기에 끼여 있었다. 이때에

남명선생편년南冥先生編年

이르러 조 선생도 결국 후명後命이 이르는 것을 면치 못했다. 선생이 부음을 듣고 애통해 하기를 그치지 못했으니, 현인으로서 걸어가야 할 길이 기구하다는 것을 알았기 때문이다.

十四年己卯先生十九歲

與友人讀易于山寺

▪先生讀書次序 無文獻 不得逐年表題 然其答或人問 有曰古今學者窮易爲難 不曾熟四書故也 精熟四書 眞積力久 則可以知道 而窮易庶不難 觀此則槩知其爲學之有序矣

十二月聞靜庵趙先生訃

▪十一月 士禍起 一時賢流竄逐廢錮者 殆數百人 先生叔父佐郎彥卿 亦與焉 至是 趙先生竟不免後命之至 先生聞訃 痛悼不已 乃知賢路之崎嶇

◎ 20세: 1520년 (중종 15, 경진, 정덕正德 15)

특별히 거행된 초시初試에 나아가 생원 · 진사과 및 문과 시험에 모두 합격했다.

▪선생은 고문古文을 좋아하여 과거 시험장에 나아가서도 속된 문자를 쓰지 않았다. 붓을 잡고 일을 적어 내려가면 애초에 생각하지 않은 듯하면서도 엄밀하게 법도가 있어 울창하고 고아古雅하며 높고 빼어났다. 그리하여 고문을 배우는 자들이 다투어 가며 선생의 글을 서로 전하고 외워서 법식으로 삼았다.

十五年庚辰先生二十歲

赴別擧初試 並中生進兩試及文科試

· 先生好古文 雖俯就場屋 不爲俗下文字 下筆記事 初不似經
意 而森然有律度 蒼古峻偉 學古文者 爭相傳誦 以爲式

◎ 21세: 1521년 (중종 16, 신사, 정덕正德 16)
문과文科 회시會試에 나아갔다.

· 선생은 과거科擧란 애초에 장부丈夫가 입신양명立身揚名하는
일이 되기에 부족하다고 생각했다. 하물며 소과小科는 자신의 한
때 영광이 되는 데에 불과할 뿐, 벼슬에 나아가 임금을 섬기는
길이 될 수 없다고 여겨, 생원·진사과의 회시에는 나아가지 않고
다만 문과에만 응시하여 낙방하였다.

十六年 辛巳 先生二十一歲

就文科會試

· 先生以爲科目初未足爲丈夫立揚之事 況小科 不過爲自己
一時之榮 未得爲出身事君之道 遂不赴生進會試 只就文科見屈

◎ 22세: 1522년 (중종 17, 임오, 가정嘉靖 1)
남평조씨南平曺氏의 집에 장가들었다.

· 부인은 충순위忠順尉 조수曺琇의 딸이다. 선생이 아내를 손
님처럼 공경히 대하니, 집안이 엄숙하고 정돈되어 비록 종으로
부림을 받는 자들도 머리를 정돈하고 상투를 가지런히 하지 않

으면 감히 나아오지 못했다. 음식은 정결한 것을 취했을 뿐, 화려한 것을 좋게 여기지 않았다. 남의 집에서 반찬과 안주를 꽃모양으로 만든 것을 보고는 젓가락을 대지 않고서 말하길, "옛 사람은 고기를 잘라도 다만 반듯하게 했을 뿐이었다."라고 했다.

世宗嘉靖元年　壬午　先生二十二歳
委禽于南平曺氏之門
　▪夫人忠順衛琇女　先生於配偶　敬對如賓　閨庭之間肅整　雖婢僕之仰役者　不歛髮整髻　不敢進　飮食取潔精　不尙華美　嘗於人家　見饌肴象以花卉　不下箸曰　古人切肉　但取方正而已

◎ 23세: 1523년 (중종 18, 계미, 가정嘉靖 2)

二年　癸未　先生二十三歳

◎ 24세: 1524년 (중종 19, 갑신, 嘉靖 3)

三年　甲申　先生二十四歳

◎ 25세: 1525년 (중종 20, 을유, 가정嘉靖 4)
벗과 함께 산사山寺에서 『성리대전性理大全』을 읽었다.

　▪선생은 옛것을 존신尊信하고 의로움을 좋아하였으며, 명분

과 절개를 지키기 위해 스스로 힘썼다. 의로운 것이 아니면 한 개라도 남에게 받거나 주지 않았다. 스스로 말하기를, "젊은 시절에 다른 이에게 오만하게 대하는 것으로써 고상하다고 생각했으며, 부귀와 재물을 지푸라기나 진흙처럼 하찮게 여겼다. 이때에 이르러 『성리대전』을 읽다가 노재魯齋 허형許衡(1209-1281)[4]이 '이윤伊尹의 뜻을 뜻으로 삼고 안자顔子의 학문을 학문으로 배워 벼슬에 나아간다면 큰일을 해내고 은거한다면 자신을 지키는 바가 있어야 한다. 대장부는 마땅히 이와 같아야 할 것이니, 벼슬에 나아가서는 큰일을 한 것이 없고 은거하여서는 자신을 지킨 바가 없다면, 뜻으로 삼고 학문으로 배운 것을 어디에 쓸 것인가?'라고 한 말에 이르러서 마침내 번쩍 깨달아 강개한 마음으로 성인聖人을 배우고자 했다."라고 하였다.

내면의 공부를 해나가면서 지엽적인 것은 떨쳐버렸다. 오로지 육경六經과 사서四書 및 주자周子·정자程子·장자張子·주자朱子의 책에 나아가 밤낮 쉬지 않고 마음을 다하고 정신을 쏟았다. 깊이 연구하고 탐색探索하는 가운데 반성과 실천에 힘썼다. 사물과 접

---

4) 허형許衡(1209-1281) : 원나라 때 학자로, 자는 중평仲平, 호는 노재魯齋, 시호는 문정文正이다. 과거에 뜻을 두지 않고 학문에 전념하여 여러 차례 불러 벼슬을 내렸으나 벼슬에 나아가지 않았다. 소문산蘇門山에 은거하고 있던 조복趙復의 문인 요추姚樞에게서 정주程朱의 유서遺書를 접한 뒤로 정주이학에 전념하여 북방에 정주학을 일으켰다. 주희의 경학 저술이 과거시험에 채택되는 데에 크게 공헌하였다. 1271년 집현전태학사集賢殿大學士·국자좨주國子祭酒 등을 지냈다. 저술로 『독역사언讀易私言』·『노재심법魯齋心法』·『노재유서魯齋遺書』·『허문정공유서許文正公遺書』·『호노재집許魯齋集』 등이 있다.

할 때에 몸으로 궁구하였으며, 안과 밖을 함께 수양하였다. 그리하여 "경敬과 의義를 아울러 지킬 수 있다면 아무리 써도 다하지 않는다. 내 집에 이 두 글자가 있는 것은 마치 하늘에 해와 달이 있는 것과 같다. 만고萬古에 걸쳐 바뀌지 않을 것이니, 성현의 천 가지 만 가지 말씀도 그 귀결하는 요점이 여기에서 벗어나지 않는다."라고 하였다. 한결같은 마음으로 수양하여 부지런히 닦으며 게으르지 않았다.

대곡이 말하기를 "일찍부터 스스로 흠칫 깨달아, 성학聖學에 뜻을 기울였네. 큰 용기를 진작시켜, 분노가 일어나도 표출되지 않는 듯하였네. 문을 닫아걸고 외우고 읽으며, 성리性理의 오묘한 뜻을 연구하였네. 경敬에 거하고 의義를 쌓아, 반성하고 실천하였네. 보고 듣고 말하고 행동함에 있어, 사물四勿을 준행했네."라고 하였다. 한강寒岡 정구鄭逑는 "충신忠信을 바탕으로 삼고, 경의敬義를 학문으로 익혔다."라고 하였다.

살피건대, 이때는 기묘사화己卯士禍를 새로이 겪었기 때문에 선비의 습속이 날로 투박해져 정자와 주자의 저술도 세상 사람들에게 꺼려지는 바가 되었다. 그런데 선생은 홀로 초연히 서책을 살펴보다가 우뚝하게 성현의 진정眞正한 학문을 이와 같이 일찍 터득하였으니, 그 높이 내다보고 용감하게 나아가 세속의 흐름에 뜻을 빼앗기지 않았음을 볼 수가 있다.

◎ 선성先聖과 주자周子 · 정자程子 · 주자朱子 세 부자夫子의 화상畫像을 직접 그려 감실에 봉안하고 매일 아침마다 첨배瞻拜

하였다.

▪ 평소에 날이 밝기 전에 일어나 의관을 정제하고 가묘家廟에 절을 올린 후 선성先聖과 선사先師에게까지 예를 행하였다.

-네 성현의 화상은 작은 병풍에 장정된 것인데, 나중에 원본을 바탕으로 새롭게 보수했다. 지금 산천재山天齋 동쪽 작은 방에 봉안되어 있다-

四年乙酉先生二十五歲

與友人 讀性理大全於山寺

▪ 先生信古好義 名節自勵 非其義也 一介不取與人 嘗自以爲少以傲物爲高 見富貴貨財 蔑如草泥 至是讀性理大全 至魯齋許氏言志伊尹之志 學顔子之學 出則有爲 處則有守 大丈夫當如此 出無所爲 處無所守 則所志所學 將何爲 遂脫然契悟 慨然欲學聖人 向裏做去 刊落枝葉 專就六經四子及周程張朱書 窮日繼夜 苦心致精 研窮探索 以反躬實踐爲務 應接體究 表裏交養 以爲敬義夾持 用之不窮 吾家有此二字 如天之有日月 亘萬古而不易 聖賢千言萬語其要歸 不出於此 一意進修 孜孜不怠 大谷曰早自惕覺 勵志聖學 鼓作大勇 如怒未洩 下帷誦讀 研窮性理 居敬集義 反躬踐實 視聽言動 佩行四勿 鄭寒岡述曰 忠信爲質兮 敬義爲學 按是時 新經己卯之變 士習日渝 至於程朱性理之書 爲世所諱 而先生獨超然有省於簡編之中 而卓然早得於聖賢眞正之學如此 其高見勇往 不爲流俗之所奪者 已可見矣

手摹先聖及周程朱三子像 龕奉之 每朝瞻禮

　▪平居未明而起 冠帶拜於家廟 以及先聖先師 (四聖賢像 裝
以小屛 後因以新之 今奉安於山天齋東夾室)

◎ 26세: 1526년 (중종 21, 병술, 가정嘉靖 5)
　3월에 판교공의 상喪을 당했다.

　▪판교공은 성화成化 기축년(己丑, 1469)에 태어나 이때에 이르
러 서울 집에서 별세하였으니, 향년 58세였다. 내외직의 벼슬을
역임하면서 청렴과 정직으로써 이름이 났다. 돌아가시기 전에,
제주 목사濟州牧使로 임명되었으나 병을 앓아 취임하지 못했는
데, 병을 핑계로 어려운 곳을 피한다고 모함을 받아 관작이 전부
삭탈되었다. 별세한 후 한 달이 넘자 선생이 억울함을 조정에 아
뢰어 판교 이하의 관작이 모두 회복되었다. 체백體魄을 뫼시고
돌아와 삼가三嘉 갓골[冠洞] -지동枝洞이라고도 한다- 선영先塋
아래에 안장했다. 인하여 산 밑에 여막을 짓고 밤낮으로 애모하
며 피눈물을 울었다. 심한 병이 아니면 질대経帶를 벗지 않고 궤
연几筵의 곁을 떠나지 않았다. 조문을 온 자가 있으면 엎드려 울
며 답배答拜를 할 뿐, 앉아서 더불어 이야기를 나눈 적이 없었다.
종들에게도 상기喪期를 마치기 전까지는 집안의 자질구레한 일
로 와서 고하지 말라고 경계시켰다.

五年丙戌先生二十六歲
三月丁判校公憂

▪判校公 以成化己丑生 至是卒于京第 年五十八 歷敭內外 以淸直著 先是有濟牧之命 而疾病不就任 有構以辭疾避難 盡削其官 沒後逾月 先生訴寃于上 悉復判校以下之官 奉裳帷 歸葬于三嘉之冠洞 (一名枝洞) 先塋下 仍廬于山下 晨夜哀慕血泣 非甚病 不脫絰帶 不離几筵之側 有吊慰者 伏哭答拜而已 未嘗坐與之語 戒僮僕喪未終 勿以家事冗雜者來諗

◎ 27세: 1527년 (중종 22, 정해, 가정嘉靖 6)

六年 丁亥 先生二十七歲

◎ 28세: 1528년 (중종 23, 무자, 가정嘉靖 7)
6월에 상복을 벗었다.

▪선생은 매번 기일忌日을 만나면 애모하기를 처음 상을 당했을 때처럼 했다. 모든 제사에 반드시 정성껏 제물을 준비하였는데, 심지어 삶고 조리한 것이 적절한지 씻고 닦은 것이 정결한지를 몸소 직접 살폈다.

◎ 가을에 판교공의 묘갈문墓碣文을 지었다.

◎ 참봉 성우成遇(1495-1546)[5]와 함께 두류산頭流山을 유람하였다.

5) 성우成遇 : 자는 중려仲慮이며, 본관은 창녕이다. 성운成運의 중형仲兄으

▪ 성공成公이 서울에서 찾아왔으므로, 선생이 그와 더불어 동행하여 유람을 갔다.

七年 戊子 先生二十八歲
六月 服闋
▪ 先生每遇忌日 哀慕如初喪時 凡祭必致誠備物 至烹調之宜
拂拭之潔 必躬親視之

秋 撰判校公墓碣

與成參奉遇 遊頭流山
成公自京來訪 先生與之偕往遊覽

◎ 29세: 1529년 (중종 24, 기축, 가정嘉靖 8)

▪ 정월에 자굴산闍崛山에서 독서하였다.

자굴산은 의령宜寧에 있다. 이른바 '명경대明鏡臺'란 것이 있어 매우 높고 탁 트여 선생이 왕래하며 유람하였다. -시 두 수가 있다- 이때에 책을 가지고 승사僧舍에 머물면서 책상을 마주하고 조용히 앉아 밤낮으로 글의 내용을 음미하며 굳센 마음으로 힘써 공부했다. 절의 승려가 말하기를 "그 분이 거처하시던 방은 종일토록 아무런 소리 없이 조용하였는데, 매일 밤이 깊으면 손

로, 을사사화 때 화를 입었다.

가락으로 책상을 가만히 두드리는 소리가 들려 아직도 글을 읽고 계신 줄을 알았습니다."라고 했다.

◎ 청향당清香堂 이원李源(1501-1568)[6]이 찾아와 경전의 뜻을 질문하였다.

소산小山 이광정李光靖이 지은 청향당의 행장에 다음과 같이 말하였다. "공은 퇴계·남명 두 선생과 더불어 모두 동갑 친구로서 세월이 오래될수록 우정이 더욱 돈독하였다. 혹 몸소 찾아가 강론하기도 하고 혹 편지로 질문하기도 하였는데, 늙어서도 이와 같이 하기를 게을리 하지 않았다. 두 선생의 훌륭한 덕과 고상한 기풍은 백세 뒤에도 오히려 사람들이 상상하며 마음을 진작하게 되거늘, 하물며 당시에 직접 만날 수 있을 때는 어떠했겠는가. 날마다 지극한 논의를 듣고 아름다운 덕을 보았을 것이니, 눈으로 보고 마음으로 기뻐하면서 자신도 모르게 도덕인의道德仁義의 경지에 넉넉히 들어갔을 것이다."라고 하였다.-

◎ 영모재永慕齋 이온李榲의 행록후지行錄後識를 지었다.

八年 己丑 先生二十九歲
正月 讀書闍崛山

6) 이원李源 : 자는 군호君浩, 호는 청향당清香堂이며, 본관은 합천이다. 남명 조식과 퇴계 이황을 종유하였다.

남명선생편년南冥先生編年

▪山在宜寧界 有所謂明鏡臺 甚爽塏 先生嘗往來遊賞 (有二詩) 至是携書來留僧舍 靜坐對案 日夕玩味 堅固刻厲 寺僧言其所處之室 終日寂然無聲 每夜深 時聞以手指微打書案 因知其尙讀書也

李淸香堂源來訪 質問經旨 (李小山光靖撰淸香堂行狀曰 公與退溪南冥兩先生 皆同庚之交 久而益篤 或躬造以講益 或書疏以問質 老而不懈 夫以二先生盛德高風 百世之下 尙能使人想像而興起 而況當日親炙之時 日聞至論 日覩懿德 其所以目擊心悅有不自覺其優入於道德仁義之府也)

撰李永慕齋樞行錄後識

◎ 30세: 1530년 (중종 25, 경인, 가정嘉靖 9)
김해金海 신어산神魚山 아래로 옮겨와 살면서 산해정山海亭을 지었다.

▪선생의 처가가 신어산 아래 탄동炭洞 -지금은 주부동主簿洞이라 하는데 아마도 선생으로 인해 붙여진 이름인 듯하다-에 있었다. 지역地域이 바다와 가까워 봉양하기에 편리하므로, 선생이 어머니를 되시고 와서 우거寓居했다. 작은 언덕 하나에 터를 잡았는데, 거리가 가깝고 주위가 아늑하여 별도로 정사精舍를 지어 '산해정山海亭'이라 이름하고 방의 이름을 '계명繼明'이라 했다.
좌우에 서적을 두고 아침 저녁으로 문안을 드리는 것 외에는 날마다 그 곳에 거하며 이전에 읽었던 책을 다시 반복해 읽었다. 마음이 정밀해지고 이치가 밝아져 문자[書言]와 의미[象意]의 밖에서 가만히 스스로 터득하였다. 좌우명座右銘을 지었는데, "언행을 신의 있게 하고 삼가며, 사악함을 막고 정성을 보존하라. 산처럼 우뚝하고 못처럼 깊으면, 움 돋는 봄날처럼 빛나고 빛나리라."라고 하였으니, 자신을 경계한 것이었다.

일상에서 반드시 충신忠信을 근본으로 삼아 충신을 사람의 양식처럼 여겼다. 또 "궁리窮理는 명덕明德을 밝히는 첫 번째 공부이다."라고 하였으며, "경敬은 격물치지格物致知의 위에 있어야 한다."고 하였다. 그리고 "학문은 경敬을 유지하는 것보다 중요한 일이 없다. 그러므로 한 가지 일에 집중하는 데[主一]에 공부를 추진하여 항상 깨어 있고 어둡지 않으며 몸과 마음을 수렴收斂해야 한다. 학문은 욕심을 줄이는 것[寡欲]보다 우선하는 일이 없다. 따라서 자신의 사욕을 극복하는 데에 힘을 쏟아 잡된 생각을 깨끗이 씻고 천리天理를 함양해야 한다."고 하였다. 이 두어 조목은 어느 때에 말씀한 것인지 알 수 없지만, 선생이 추구한 공부의 대체적인 면모를 파악하기에 충분하다. 그러므로 여기에 붙여둔다.

◎ 대곡 성운, 청향당 이원, 송계松溪 신계성申季誠(1499-1562),[7] 황강黃江 이희안李希顔(1504-1559)[8] 등이 찾아왔다.

---

7) 송계松溪 신계성申季誠 : 자는 자함子諴, 호는 송계松溪이며, 본관은 평산平山이다. 남명의 벗으로서, 남명이 그를 위해 「處士申君墓表」를 지었다.
8) 황강黃江 이희안李希顔(1504-1559) : 자는 우옹愚翁, 호는 황강黃江이며, 본관

• 이 해에 대곡이 서울에서 찾아왔는데, 송계·청향당·황강 및 여러 선비가 함께 와 모였다. 여러 날 동안 강론을 하니, 당시 사람들이 "덕성德星이 모였다."라고 하였다.

九年 庚寅 先生三十歲

移居于金海之神魚山下 築山海亭

• 先生婦家 在神魚山下炭洞 (今作主簿洞 豈因先生而名之與) 地近海便養 先生奉母夫人來寓 占一小丘 近而奧 別構精舍 名曰山海亭 室曰繼明 左右圖書 定省之暇 日處其中 溫繹舊書 心精理明 從容自得於書言象意之表 作座右銘曰 庸信庸謹 閑邪 存誠 岳立淵沖 燁燁春榮 蓋自警也 日用必以忠信爲本 而以忠 信爲人之食料 又嘗以爲窮理爲明明德第一工夫 而又以敬要在 格致上 又謂學莫要於持敬 故當用工於主一 惺惺不昧 收斂身心 學莫先於寡欲 故當致力於克己 滌淨查滓 涵養天理 此數條不知 何時說 足以見先生用功之大略 故附此

成大谷李淸香堂申松溪季誠李黃江希顏來訪

• 是年 大谷自京來訪 松溪淸香黃江及諸士子 幷來集集 累日 講討 時人謂之德星聚

◎ 31세: 1531년 (중종 26, 신묘, 가정嘉靖 10)

은 합천이다. 모재慕齋 김안국金安國(1478-1543)의 문인이며, 남명과 벗으로 서 교유하였다.

이원길李原吉(1499-1572)[9]이 선물한 『심경心經』 끝에 글을 적었다.

• 원길은 동고東皐의 자이다. 대략 다음과 같이 적었다. "슬프기로는 마음이 죽은 것보다 더 큰 것이 없다. 이 책이 아마 마음을 죽지 않게 하는 약이리라. 노력하여 게으르지 않도록 하라. 안자顔子와 같이 되는 길이 바로 여기에 있느니라."

十年 辛卯 先生三十一歲

書李原吉所贈心經後

• 原吉 東皐子 其略曰 哀莫大於心死 是書者 其惟不死之藥乎 努力無怠 希顔在是

◎ 32세: 1532년 (중종 27, 임진, 가정嘉靖 11)

규암圭庵 송인수宋麟壽(1499-1547)[10]가 선물한 『대학大學』 끝에 글을 적었다.

• 대략 다음과 같이 적었다. "자신을 잘 돌이켜 볼 수 있는 방법이 모두 이 책에 있는데 나의 벗이 이로써 나에게 권면해주니, 마땅히 단순한 책으로만 보지 않음이 옳으리라."

---

9) 이원길李原吉 : 이름은 준경浚慶이며, 자가 원길이다. 호는 동고東皐이며, 본관은 광주廣州이다. 남명과 벗으로서 교유하였다.
10) 규암圭庵 송인수宋麟壽 : 자는 미수眉叟, 호는 규암圭庵이며, 본관은 은진이다. 남명과 벗으로서 교유하였으며, 을사사화에 연루되어 파직당하였다가 나중에 사사賜死되었다.

남명선생편년南冥先生編年

◎ 서울 집을 정리하여 김해金海로 돌아왔다.

• 선생이 하향下鄕한 뒤에도 서울 집은 그대로 남아 있었다. 이때에 세상길이 더욱 험난함을 보고서 드디어 살림을 정리하여 김해로 돌아왔다. 인하여 그 집을 자부姉夫인 이공량李公亮(1500-1565)[11])에게 맡겼는데, 이공량이 집값을 돌려주었다. 선생이 받아 아우와 누이 중에서 형편이 어려운 이에게 나누어 주었다. 이때로부터 서울 생활을 단념하고 산림에 빛을 감추어 영광스럽게 높은 벼슬에 나아가려는 뜻이 없었다. 대곡이 보낸 시에, "높이 나는 기러기 홀로 해남海南을 향해 날아가니, 때는 가을 바람에 낙엽 지는 시절이로다. 땅에 가득한 곡식을 닭과 오리 쪼아 먹거늘, 푸른 하늘 구름 밖에 저 홀로 기심機心을 잊었네."라고 했다.

◎ 성중려成仲慮[12])가 선물한 『동국사략東國史略』에 발문을 썼다.

十一年 壬辰 先生三十二歲
書宋圭庵麟壽大學後
• 其略曰 善反之具 都在是書 吾友以是勖之 其不以黃卷視之
可也

撤京第 還海居

11) 이공량李公亮 : 자는 인숙寅叔, 호는 안분당安分堂이며, 본관은 전의全義이다.
12) 성중려成仲慮 : 성우成遇를 가리키며, 중려는 그의 자이다.

▪先生下鄕後 京第尙存 至是見世路益艱 遂撤家藏 以歸金海
因屬其第姊夫李公亮 李公以其直歸之 先生受 而分與弟妹之貧
窶者 自是絶意京居 韜光林下 無榮進意 大谷贈詩曰 冥鴻獨向
海南飛 正値秋風落木時 滿地稻梁鷄鶩啄 碧天雲外自忘機

跋成仲慮所贈東國史略

◎ 33세: 1533년 (중종 28, 계사, 가정嘉靖 12)
　가을에 향시鄕試에 응시하여 일등으로 뽑혔다.

　▪선생이 어머니의 명으로 응시한 것이다.

十二年 癸巳 先生三十三歲
秋 赴鄕擧 居第一
先生以母夫人命 赴擧

◎ 34세: 1534년 (중종 29, 갑오, 가정嘉靖 13)
　봄에 회시會試에 응시했으나 낙방하였다.

十三年 甲午 先生三十四歲
春 赴會試 不利

◎ 35세: 1535년 (중종 30, 을미, 가정嘉靖 14)

十四年 乙未 先生三十五歲

◎ 36세: 1536년 (중종 31, 병신, 가정嘉靖 15)
　아들 차산次山이 태어났다.

◎ 가을에 향시鄕試에 응시하여 3등으로 뽑혔다.

十五年 丙申 先生三十六歲
子次山生

秋 赴鄕擧 居第三

◎ 37세: 1537년 (중종 32, 정유, 가정嘉靖 16)
　회시會試에 응시하지 않았다.

　▪선생은 세도世道가 날로 흐려짐을 보고서, 배운 바가 시속
時俗과 어긋나 적당히 따라갈 수 없다고 판단하였다. 이에 그런
이유를 어머니에게 갖추어 아뢰고, 마침내 과거 공부를 그만두
었다.

◎ 서암棲庵 정지린鄭之麟(1520-1600)13)이 와서 배웠다.

---

13) 서암棲庵 정지린鄭之麟 : 자는 인서麟瑞, 호는 서암棲巖이며, 본관은 초계草
溪이다. 남명의 큰 자형인 정운鄭雲의 아들이며, 남명의 문도 중에서 일
찍부터 수학한 제자이다.

十六年　丁酉　先生三十七歲

不就會試

　▪先生見世道之日漓　度所學之乖於時　而不能爲之俯仰　於是
備達其由於母夫人　遂廢擧業

鄭棲庵之麟來學

◎ 38세: 1538년 (정종 33, 무술, 가정嘉靖 17)
　헌릉참봉獻陵參奉에 제수되었으나 사임하고 나아가지 않았
다.

　▪이언적李彦迪(1491-1553)[14]과　이림李霖(1495-1546)이　천거했기
때문이다.

十七年　戊戌　先生三十八歲

除獻陵參奉　辭不就

　▪用李彦迪李霖薦也

◎ 39세: 1539년 (정종 34, 기해, 가정嘉靖 18)
　여름에 여러 문생을 데리고 지리산智異山 신응사神凝寺에서
글을 읽었다. -절구 한 수가 있다-

---

14) 이언적李彦迪 : 자는 복고復古, 호는 회재晦齋·자계옹紫溪翁이며, 본관은 여
　　주驪州이다. 1530년 김안로金安老의 등용을 반대하다가 숙정되었으나, 이
　　후 다시 등용되어 원상院相 등을 역임했다.

남명선생편년南冥先生編年

十八年 己亥　先生三十九歲
夏與諸生　讀書于智異山神凝寺 (有詩一絶)

◎ 40세: 1540년 (정종 35, 경자, 가정嘉靖 19)

十九年 庚子　先生四十歲

◎ 41세: 1541년 (정종 36, 신축, 가정嘉靖 20)

二十年 辛丑　先生四十一歲

◎ 42세: 1542년 (정종 37, 임인, 가정嘉靖 21)
매촌梅村 정복현鄭復顯(1521-1591)[15]이 와서 배웠다.

二十一年 壬寅　先生四十二歲
鄭梅村復顯來學

◎ 43세: 1543년 (정종 38, 계묘, 가정嘉靖 22)
회재晦齋 이언적李彦迪 선생의 편지에 답했다.

▪ 회재가 본도本道의 안찰사按察使로 왔다가 편지를 보내 선생

---

15) 매촌梅村 정복현鄭復顯 : 자는 수초遂初, 호는 매촌梅村이며, 본관은 서산瑞
山이다. 당곡唐谷 정희보鄭希輔(1486-1547)와 남명의 문하에서 수학하였다.

남명선생편년의례南冥先生編年義例

에게 만나기를 청하였다. 선생은 답하는 편지에서 대략 다음과 같이 말하였다. "어찌 거자擧子의 신분으로 감사를 찾아갈 수 있겠습니까? 저는 상공相公께서 벼슬에서 물러나 고향으로 돌아갈 날이 멀지 않을 것이라 생각합니다. 그때에 제가 각건角巾을 쓰고 안강리安康里에 있는 댁으로 찾아가 뵈어도 늦지 않을 것입니다."

선생이 일찍이 말씀하기를, "복고공復古公16)이 이전에 십조봉사十條封事를 올려 중종中宗으로부터 크게 칭찬을 받고서 가선대부嘉善大夫로 특별히 승진하였다. 좋은 계책을 올리고서 그것에 대한 상을 받는 것은 옛사람이 부끄럽게 여겼던 일이니, 어찌 사양하지 않았던가? 복고공이 '신하로서 말을 올리는 것은 본디 그의 직분이며, 임금으로서 벼슬을 내려주는 것은 실로 하늘을 대신하는 일입니다. 신하는 말을 올려 상을 받고 임금은 말을 받고서 상을 주시니, 흡사 도리에 맞는 것처럼 보입니다. 하지만 다른 날 벼슬을 내리고 봉록을 줄 때에 그 신하가 가진 재량材量과 관직의 대소大小에 따라 알맞게 내리더라도 어찌 불가하겠습니까? 굳이 신하가 상소를 올린 날에 바로 상을 내릴 필요가 있겠습니까?'라고 말하였다면, 조금이나마 염치를 권장할 수 있는 하나의 계기가 되었을 것이다."라고 하였다.

二十二年 癸卯 先生四十三歲
答晦齋李先生書

---

16) 복고공復古公 : 회재 이언적을 가리키며, 복고는 그의 자이다.

남명선생편년南冥先生編年

▪晦齋按本道 以書求見 先生答書 略曰 寧有呈身擧子乎 吾知相公解歸田里之日不久 當角巾相尋於安康里第 尙未晩也 (先生嘗曰 復古公嘗陳十條封事 中廟大加稱賞 特陞嘉善 獻策而受賞 乃古人所羞 何不辭 以人臣進言 固其職分 人主爵命 式代天工 臣進言而受賞 君受言而授賞 有如所中者然 他日爵之祿之 皆稱其臣之材量大小 何不可 而必於臣陳疏之日乎云 則稍可爲勵廉恥之一段矣)

◎ 44세: 1544년 (중종 39, 갑진, 가정嘉靖 23)
6월에 아들 차산을 잃었다.

차산은 어려서부터 총명하였다. 기르는 개가 먹이를 다투어 으르렁거리는 것을 보고서 탄식하기를 "옛날 진씨陳氏는 백 마리의 개가 한 우리 안에 살았는데 우리 집의 개는 그렇지 못하니, 마음에 참으로 부끄럽구나"라고 한 적이 있었다. 그리고 산해정山海亭에서 글을 읽고 있었는데, 어느 날 초헌軺軒을 타고 길을 가는 사람의 행차가 매우 성대하여 함께 배우던 아이들이 모두 다투어 구경하면서 찬탄하고 부러워하였다. 그런데 차산은 홀로 태연히 글을 읽으면서 "장부의 사업이 어찌 이런 것에 있을 것인가."라고 하였다. 선생이 기특하게 여기고 사랑하였는데, 불행하게도 요절했다.-

◎ 도구陶丘 이제신李濟臣(1510-1582)[17)]이 와서 뵈었다.

남명선생편년의례 南冥先生編年義例

▪ 공은 바둑 두기를 좋아했다. 선생이 꾸짖어 말리자, 공이 시詩를 적어 변명하기를, "바둑을 두는 입에는 남을 논평하는 말이 없고, 과녁을 쏘는 마음에는 자신을 돌아보는 생각이 있습니다."라고 하였다. 한 달 남짓 곁에서 뫼신 적이 있었는데, 자신의 마음을 수렴收斂하는 것이 매우 극진했다. 선생이 말씀하기를 "사람들은 언우彦遇가 농담을 잘한다고 하는데, 나는 언우가 마음의 수렴을 잘하는 것을 보는구나."라고 하자, 대답하기를 "덕德의 향기를 오랫동안 맡으니, 저도 모르게 이처럼 되었습니다."라고 했다.

공이 청하현淸河縣의 교수가 된 적이 있었는데, 당시의 상황이 점점 어수선해지는 것을 보고서 마침내 과거를 그만두고 유유자적한 삶을 살았다. 그래서 농담을 잘한다는 평판을 듣게 된 것이다.-

◎ 11월에 중종中宗이 승하昇遐하였다.

▪ 선생은 나라의 휘일諱日을 만날 때마다 풍악을 듣지 않고 고기를 먹지 않았다.

二十三年 甲辰 先生四十四歲
六月 喪子次山
(次山幼穎悟 嘗見畜犬爭食猯然歎曰 昔陳氏百犬共牢 吾家之

---

17) 도구陶丘 이제신李濟臣 : 자는 언우彦遇, 호는 도구陶丘이며, 본관은 고성固城이다. 남명의 제자로, 남명이 61세 때 지리산 아래의 덕산으로 들어가자 그도 함께 따라 덕산 고마장古馬場으로 이사하였다.

犬則不然 於心實有愧焉 嘗讀書於山海亭 一日乘軺者過路 儀仗
甚盛 同學兒皆爭觀歎美 次山獨讀書自如曰 丈夫事業 豈在此也
先生奇愛之 不幸夭折)

李陶丘濟臣來謁
　▪ 公好圍碁 先生警責之 公以詩謝曰 著碁口絶論人語 射革心
存反己思 嘗侍側月餘 收歛甚至 先生曰 人言彦遇詼諧 吾見彦
遇收歛 對曰 薰德日久 自不覺如此 (公嘗爲淸河敎授 見時事不
靖之漸 遂廢擧自適 因得善謔之名)

十一月 中宗昇遐
　▪ 先生每遇國諱 不聆樂啖肉

◎ 45세: 1545년 (인종대왕 원년, 을사, 가정嘉靖 24)
　원당源塘 권문임權文任(1528-1580)[18])이 와서 배웠다.

◎ 입재立齋 노흠盧欽(1527-1602)[19])이 와서 배웠다.

---

18) 원당源塘 권문임權文任 : 자는 흥숙興叔, 호는 원당源塘이며, 본관은 안동이
　다. 남명과 교유한 안분당安分堂 권규權逵(1496-1548)의 아들로, 남명의
　문하에서 수학하였다.
19) 입재立齋 노흠盧欽 : 자는 공신公愼, 호는 입재立齋이며, 본관은 광주光州이
　다. 남명의 제자로, 임진왜란이 일어나자 합천 삼가에서 권양權瀁 등과
　의병을 일으켜 망우당忘憂堂 곽재우郭再祐의 진중에서 군량미 운송을 담
　당하였다.

▪ 선생이 공에 대해, "경의敬義를 궁구하여 도道를 깨우친 지가 오래 되었다."라고 말한 적이 있었다. 또 공에게 답한 편지에서, "물을 거슬러 올라가는 배는 한 치를 방심하면 한 길을 떠내려가게 된다."고 경계한 말씀이 있었다.

◎ 경재警齋 곽순郭珣(1502-1545)[20]과 함께 운문雲門에 가서 삼족당三足堂 김대유金大有(1479-1552)[21]와 소요당逍遙堂 박하담朴河淡(1479-1560)[22]을 방문하였다.

◎ 7월에 인종仁宗이 승하하였다.

◎ 청강淸江 이제신李濟臣(1536-1583)[23]이 와서 뵈었다.

－공이 선생을 위한 제문을 지으면서, '어릴 적부터 경의敬義의 가르침을 받았네.'라는 등의 말을 하였다－

---

20) 경재警齋 곽순郭珣 : 자는 백유伯瑜, 호는 경재警齋이며, 본관은 현풍이다. 청도淸道에 거주하였으며, 남명과 교유하였다.
21) 삼족당三足堂 김대유金大有 : 자는 천우天祐, 호는 삼족당三足堂이며, 본관은 김해이다. 청도에 거주하였으며, 일두一蠹 정여창鄭汝昌(1450-1504)의 문인이다. 남명과 교유하였다.
22) 소요당逍遙堂 박하담朴河淡 : 자는 응천應千, 호는 소요당逍遙堂이며, 본관은 밀양이다. 청도에 거주하였으며, 남명과 교유하였다.
23) 청강淸江 이제신李濟臣 : 자는 몽응夢應, 호는 청강淸江이며, 본관은 전의全義이다. 남명의 문하에서 수학하였다.

◎ 10월에 대간大諫 이림李霖, 참봉參奉 성우成遇, 사간司諫 곽순郭
珣, 헌납獻納 이치李致 등의 부음을 들었다.

‣ 이 해에 간악한 권신權臣이 계림군桂林君을 모함하여 죽였는
데, 재앙이 사림士林에게까지 미쳐 죽임과 귀양이 잇달아 있었
다. 대간 이림 이하 여러 분들이 평소에 선생과 교분이 두터웠는
데, 모두 참화를 입었다. 선생이 이 일에 대해 언급하게 되면 목
이 메이고 눈물을 흘리기까지 했다.

◎ 11월에 어머니의 상을 당했다.

◎ 12월에 체백體魄을 뫼시고 돌아가 부친의 묘소 동쪽 언덕에
장사지냈다.

‣ 장사지낸 후 그대로 산 아래의 예전 여막에서 거처하였다.
궤연几筵을 뫼시기를 한결같이 이전의 부친상과 같이 하였다.
우암尤庵 송시열宋時烈(1607-1689)이 말하기를, "선생이 평소 거할
때에, 집안 사람들이 감히 마음껏 지껄이거나 깔깔거리며 웃지
못할 정도로 내외가 엄숙하였다. 효도와 우애에 매우 독실하였
다. 어버이를 모실 적에는 온화하고 공손하였고, 착한 행실로써
봉양하여 어버이의 마음을 기쁘게 해 드리는 데 오로지 힘을 썼
다. 부모상을 당해서는 피눈물을 흘리며 슬피 사모하였다. 부친
상 때나 모친상 때 모두 시묘살이를 하였다."라고 하였다.

二十四年 仁宗大王元年 乙巳 先生四十五歲
權源塘文任來學

盧立齋欽來學
・先生嘗謂公 學究敬義 聞道有日 又答公書 有撑上水船 放
寸退丈之戒

與郭警齋珣 之雲門 訪金三足堂大有及朴逍遙堂河淡

七月 仁宗昇遐

李淸江濟臣來謁 (公祭先生文 有髻承指誨敬義等說)

十月 聞李大諫霖成參奉遇郭司諫珣李獻納致之訃
・是年 權奸構殺桂林君 禍及士流 誅竄相續 李大諫以下諸公
皆先生平日契厚也 俱被慘禍 先生語及 至鳴烟流涕

十一月 丁母夫人憂

十二月 奉裳帷 歸葬于先大夫墓之東原
・葬後 仍居山下舊廬 奉几筵 一如前喪 宋尤庵時烈曰 先生
平居 家人不敢闌語娛笑 內外斬斬 最篤於孝友 庭闈間 油油翼
翼 以善爲養 專以悅其心志 其持制 血泣哀慕 前後皆廬墓

42

봄에 모친의 묘에 비석을 세웠다.

-선생이 규암圭庵 송인수宋麟壽에게 비문을 부탁하여 새겼다. 그 대략은 다음과 같다.

"부인 이씨는 조식曹植 선생의 어머니이고, 판교 조언형曺彦亨의 배필이다. 가정嘉靖 을사乙巳(1545)년에 선영先塋의 동쪽 언덕에 장사지냈다. 선생이 말씀하기를, '비석을 세우고 제물을 바치려면 마땅히 글을 새겨야 할 것이다.'라고 하고서 나에게 명銘을 지어주기를 청하였다.

부인은 효성스럽고 우애로운 성품을 타고났다. 시부모님을 뫼실 적에 마음의 공경과 물질의 봉양을 모두 극진히 하였으며, 시댁의 친족과 화목하게 지내되 엄숙함과 온화함으로써 하였다. 제사를 모실 적에는 살아계실 때에 섬긴 것보다 더욱 공경히 받들었으며, 손아랫사람을 자기 자식과 같이 어루만졌다. 겸손과 공경으로써 판교공을 섬겼으며, 판교공도 공경과 예의로써 대하였다. 가난해서 혼인과 장례를 치루지 못하거나 억울한 일을 당한 사람을 보게 되면, 언제나 눈물을 흘리며 도와주었다. 집안의 노소老少가 모두 일컫기를 '아무 부인[某婦人]은 나의 어머니 뻘이시다.'라고 하였다.

판교공은 부인보다 앞서 별세했는데, 관직에 있을 때 청렴하고 근신하여 자신을 위한 계책을 일삼지 않았으므로 가난한 선비만큼이나 곤궁했다. 통정대부通政大夫로 품계가 올랐을 때 단지 말 한 필 밖에 없어 그것을 팔아 관복을 장만하였으니, 진실로 부인의 내조가 있었기에 집안을 꾸려갈 수 있었다.

선생은 초연히 성인聖人을 배우고자 하여 문득 과거시험을 그만두고 경의敬義에 힘을 쏟아 굳게 지키고 확립하였으며, 일시적인 기분에 따라 나아가거나 물러서지 않았다. 그가 자신을 수양할 수 있었던 바탕을 밝혀보자면, 대개 부모의 가르침이 그러하였던 것이다. 드디어 부인의 덕이 사람들에게 남겨진 것으로써 명을 짓는다.

그릇됨이 있다면 부인婦人이 될 수 없고, 예의가 없다면 마땅하지 않도다.
부드러움과 아름다움이 법도에 맞았으니, 어느 부모인들 걱정하겠는가?
훌륭한 아들을 낳아, 의로운 방도로써 가르쳤네.
도학道學의 결실이며, 유림儒林의 희망이네.
조씨 문중에 비석이 있는데, 새길 내용 이미 사람들의 입에 있네.
명銘에 부끄러움이 없으니, 걸출한 인물의 어머니이라.”

이 글을 살펴본다면, 선생의 성취가 어디로부터 온 것인지를 알 수 있다. 그러므로 부기하여 드러내었다.-

二十五年 明宗大王元年 丙午 先生四十六歲

春 立碣于先夫人墓 (先生請宋圭庵文刻之 其略曰 夫人李氏

曺先生植之母 判校諱彦亨之配 嘉靖乙巳 葬于大塋之東原 先生
曰 立石繫羊 宜有刻也 徵余銘 夫人生而孝友 奉舅姑備敬 養睦
夫族以肅雍 承祭祀加於事生 撫卑幼同於己兒 謙恭以事判校公
公亦敬禮 見人貧不能昏葬及有冤悶者 必垂泣而賑之 一門老少
皆曰 某夫人吾母行也 判校公先夫人卒 在官廉愼 不爲身計 貧
如寒士 陞階通政 只有一馬 鬻爲章服 實夫人有助焉耳 先生脫
然欲學聖人 便罷試擧 用力敬義 堅把得定 不以一時趨向爲進退
究其自修之地 蓋父母之敎然也 遂以夫人之德之在人者銘焉 有
非非婦 無儀非宜 柔嘉維則 孰父母罹 克生賢子 敎以義方 道學
之實 儒林之望 曺門有碑 其銘在口 無愧其銘 繡虎之母 觀此知
先生成就之有自 故附見)

◎ 47세: 1547년 (명종2, 정미, 가정嘉靖 26)

규암圭庵 송인수宋麟壽의 부음을 들었다.

▪이 해에 이기李芑의 무리가 봉림군鳳林君을 모함해 죽이고
을사사화乙巳士禍에 연루된 여러 사람에게 죄를 가중시켰는데,
규암도 화를 면하지 못했다. 선생이 늘 애도를 그치지 못했다.

二十六年 丁未 先生四十七歲
聞宋圭庵訃
▪是年 李芑等構殺鳳林君 加罪乙巳諸人 圭庵亦不免禍 先生
每傷悼不已

남명선생편년의례南冥先生編年義例

◎ **48세: 1548년 (명종3, 무신, 가정嘉靖 27)**
　2월에 상복을 벗었다.

◎ **안분당安分堂 권규權逵(1496-1548)[24]의 부음을 듣고 곡하였다.**

◎ **전생서 주부典牲署主簿에 제수되었으나 사양하고 나가지 않았다.**

◎ **합천 삼가 토동兔洞에 돌아와 살았다.**

◎ **계부당鷄伏堂과 뇌룡정雷龍亭이 낙성落成되었다.**

　▪ 당시에 배우러 오는 자들이 날로 많아져 선생이 계부당과 뇌룡정을 지어 강학하는 장소로 삼았다. '계부'란 함양涵養하기를 닭이 알을 품듯이 한다는 뜻에서 취한 것이며, '뇌룡'이란 연못처럼 깊이 침묵하다가 우레 같이 소리치며 시동尸童처럼 가만히 있다가 용 같이 나타난다는 뜻에서 따온 것이다.

　무오와 기묘의 사화 이후로 세도世道가 일변하여 선비들이 지향할 바를 정하지 못했는데, 선생이 사방의 선비들을 이끌어 가르치며 격려하고 연마시켰다. 가르칠 적에 차례가 있었으니, 반

---

24) 안분당安分堂 권규權逵 : 자는 자유子由, 호는 안분당安分堂이며, 본관은 안동이다. 원당源塘 권문임權文任(1528-1580)의 부친이며, 남명과 교유하였다.

드시 『소학小學』으로 기본을 세우고 『대학大學』으로 규모를 넓혔으며, 더욱이 의로움[義]와 이로움[利]을 분명하게 구분하며 기질氣質을 변화시키는 것으로써 중요한 방도를 삼았다. 경서經書를 풀이하다가 긴요한 곳에 이르면 반드시 반복하고 분석해서 듣는 사람이 환히 이해한 뒤에라야 그만 두었다.

일찍이 말씀하기를, "나는 배우는 사람에게 혼미하거나 졸리는 상태를 깨워줄 수 있을 뿐이다. 이미 눈을 떴다면 스스로 천지와 일월을 볼 것이다."라고 하였다. 또 "사색의 공부는 밤중에 더욱 집중할 수가 있으니, 공부하는 사람은 잠을 많이 자서는 안 된다."라고 하였다. 또 "학문을 할 적에 지식이 높고 분명하게 되도록 해야 하니, 마치 태산泰山에 올라 만물이 모두 내려다보이는 것과 같은 뒤에라야 내가 행하는 바가 이롭지 않음이 없을 것이다."라고 하였다.

제자들이 남에게 보이는 것에 힘을 쓰고 단계를 밟지 않고 건너뛰어 실천을 추구하지 않는 것을 보게 되면, 반드시 억눌러 꾸짖었다. 일찍이 말씀하기를 "오늘날의 폐단은 고원한 것에 힘을 많이 쓰고 자신에게 절실한 것은 살피지 않는 데에 병통이 있다. 성현의 학문은 애초에 일상적으로 늘 행하는 것에서 벗어나지 않는다. 만일 혹 이것을 버리고 갑자기 성명性命의 오묘한 뜻을 엿보고자 한다면, 이것은 인사人事상에서 천리天理를 구하는 것이 아니다. 본성을 다하고 천명을 아는 것이 효제孝悌에 근본하지 않겠느냐. 비유하자면 길이 두루 통하는 큰 시장에서 마음껏 노닐며 진귀한 놀이개와 기이한 보배를 구경하고 하루 종일 거리를 오르락 내리락 하면서 부질없이 그 값을 이야기해 봤자 끝내 자신의 물건이 되지 못하는 것과 같다."라고 하였다. 양단兩端을 설파하여 증세에 따라 약을 처방하는 것과 같음이 이러하였다.

대곡大谷이 일컫기를, "수많은 학생들, 경서를 안고 찾아와 질의하였네. 한마디 말로 의혹을 없애주니, 해를 보는 듯 분명하였네. 많은 사람들 강물을 마셔도 사람마다 배부를 수 있는 것과 같았네."라고 하였다.

죽유竹牖 오운吳澐은 "선생이 사람들을 가르친 방도는 속된 부류와 현격히 달랐다."라고 하였다.

二十七年 戊申 先生四十八歲
二月 服闋

哭權安分堂逵

除典牲署主簿 辭不就

還居于兎洞

鷄伏堂雷龍亭成
 ▪時 來學者日衆 先生築鷄伏堂雷龍亭 爲講學之所 鷄伏 取
涵養如鷄抱卵之義 雷龍 取淵默却雷聲 尸居却龍見之義也 自戊

남명선생편년南冥先生編年

午己卯之後 世道一變 士趨靡定 先生誘掖四方之士 激厲磨礱
循循有序 必以小學立其基本 以大學廣其規模 而尤以明辨義利
變化氣質 爲要法 說經至緊要處 必爲之反復剖析 聽者洞然開釋
而後已 嘗曰 吾於學者 警其昏睡而已 旣開眼了 自能見天地日
月 又曰 思索工夫 夜中尤專 學者不可多著睡了 又曰 爲學要使
知識高明 如上東岱 萬品皆低然後 惟吾所行 無不利矣 至見諸
生之騖外躐等 不求實踐者 則必抑規之 嘗曰 今日之弊 多務高
遠 不察切己之病 聖賢之學 初不出日用常行之間 如或舍此 而
遽欲窺性命之奧 是不於人事上求天理 盡性知命 不本乎孝弟也
譬如遊通衢大市 見珍玩奇寶 終日上下衢街 而空談其價 終非自
家物也 其叩竭兩端 對證施藥如此 大谷曰 祈祈學徒 抱經來質
單辭去惑 明若睹日 群飮于河 人得滿腹 吳竹牖滉曰 先生敎人
逈出流俗

◎ 49세: 1549년 (명종4, 기유, 가정嘉靖 28)
　8월에 제생들을 데리고 감악산紺岳山으로 유람을 가서 포연
鋪淵을 구경했다.

▪ 함양咸陽의 선비 임희무林希茂(1527-1577)[25], 박승원朴承元 등
여러 사람들도 와서 여러 날 동안 뫼시고 유람하였다. -「욕천浴
川」이라는 제목의 절구 한 수가 있다.-

---

25) 임희무林希茂 : 자는 언실彦實, 호는 남계灆溪이며, 본관은 나주羅州이다.
　　당곡唐谷 정희보鄭希輔(1486-1547)와 남명의 문하에서 수학하였다.

二十年 己酉 先生四十九歲

八月 與諸生 遊紺岳山 觀鋪淵

▪ 咸陽士子林希茂朴承元諸人亦來 陪遊累日 (有浴川詩一絶)

◎ 50세: 1550년 (명종5, 경술, 가정嘉靖 29)

죽각竹閣 이광우李光友(1529-1619)[26]와 그 종형 송당松堂 이광
곤李光坤(1528-?)[27]이 와서 배웠다.

-살펴보건대, 죽각의 행장에 "청향당淸香堂[28]이 아들 이광곤
에게 명하여 선생의 문하에서 함께 수업을 받도록 했다."라고 하
였다. 선생이 성誠·경敬·성性·도道 등의 설로 질문을 한 적이 있
었는데, 죽각의 대답이 상세하고 명확했다. 선생이 기뻐하면서
말하기를, "노둔魯鈍한 자질을 가진 네가 이러한 수준의 견해를
가지게 될 줄은 생각지 못했구나."라고 하였다.-

◎ 옥동玉洞 문익성文益成(1526-1584)[29]이 와서 배웠다.

二十九年 庚戌 先生五十歲

---

26) 죽각竹閣 이광우李光友 : 자는 화보和甫, 호는 죽각竹閣이며, 본관은 합천이
다. 남명의 문하에서 수학하였다.

27) 송당松堂 이광곤李光坤 : 자는 후중厚仲, 호는 송당松堂이며, 본관은 합천이
다. 청향당淸香堂 이원李源의 아들로, 남명의 문하에서 수학하였다.

28) 청향당淸香堂 : 이원李源을 가리킨다.

29) 옥동玉洞 문익성文益成 : 자는 숙재叔栽, 호는 옥동玉洞이며, 본관은 남평南
平이다. 남명과 퇴계의 문하에서 배웠다.

李竹閣光友及其從弟松堂光坤來學 (按 竹閣行狀 清香堂命其
子光坤 同受業於先生之門 先生嘗以誠敬性道等說設問 公辨對
詳明 先生喜曰 不圖汝之魯鈍 見解至此也)

文玉洞益成來學

◎ 51세: 1551년 (명종6, 신해, 가정嘉靖 30)
　　종부시 주부宗簿寺主簿에 제수되었으나 사양하였다.

◎ 덕계德溪 오건吳健(1521-1574)[30]이 와서 배웠다.

　▪ 덕계가 산음山陰에서 찾아와 인사를 드리고 가르침을 청하
였다. 선생이 무척 공경스럽고 정중하게 대하였다. 『대학』·『중
용』·『심경心經』·『근사록近思錄』 등의 책을 다시 읽게 했는데, 선
생이 그에게 의미를 강론하고 밝혀주는 것이 절실하고 지극했
다. 이때로부터 왕래하면서 곁에서 뫼셨는데, 덕을 고찰하고 의
문을 질의한 것이 거의 한 해도 빠지지 않았다. 그가 선생을 위
해 지은 제문에, "학문을 하는 방도와 시무時務를 알게 하는 뜻
으로써 가르치셨네. 친절하게 말씀하고 나태할까 경계시키시면
서, 이끌어 인도하심이 매우 정성스러우셨네."라고 하였다.

---

30) 덕계德溪 오건吳健 : 자는 자강子强, 호는 덕계德溪이며, 본관은 함양이다.
　　남명의 문하에서 수학하였다.

51

◎ 옥계玉溪 노진盧禛(1518-1578),[31] 개암介庵 강익姜翼(1523-1567)[32] 등과 함께 화림동花林洞을 유람하였다.

• 개암이 지은 「유화림동遊花林洞」이라는 시에, "명옹冥翁이 옥계를 이끌고 가면서, 우리들까지 함께 불러냈네."라고 했다. 그때 덕계도 따라갔다.

◎ 칠봉七峰 김희삼金希參(1507-1560)[33]이 방문하였다.

• 칠봉이 경차관敬差官으로 임명되어 강우江右지역의 여러 군에서 발생한 재해를 조사하러 왔다가, 계부당鷄伏堂으로 찾아와 선생을 방문했다. 선생은 행정이 번거롭고 부세가 과중한데 기근마저 겹쳐 백성들이 궁핍한 것에 대해 걱정과 탄식을 그치지 못하여 마치 몸소 당한 것처럼 여길 뿐만이 아니었다. 김공을 만나게 되자 백성을 잘 살게 할 수 있는 방법을 말씀하여 남김없이 털어 놓았다. 작별할 때에 김공이 시를 지어 "옛 사람이 고요히 앉아 있기를 좋아했는데, 오늘 그런 분을 만났구려."라고 했다.

　　三十年 辛亥 先生五十一歲

---

31) 옥계玉溪 노진盧禛 : 자는 자응子應, 호는 옥계玉溪이며, 본관은 풍천이다. 노우명盧友明의 아들이며, 남명과 교유하였다.
32) 개암介庵 강익姜翼 : 자는 중보仲輔, 호는 개암介庵이며, 본관은 진양이다. 당곡唐谷 정희보鄭希輔(1486-1547)와 남명의 문하에서 수학하였다.
33) 칠봉七峰 김희삼金希參 : 자는 사로師魯, 호는 칠봉七峰이며, 본관은 의성이다. 남명과 교유하였다.

除宗簿寺主簿　辭

吳德溪健來學
　▪德溪自山陰來謁請教　先生甚敬重之　使溫習學庸心近等書
講究切至　自是往來侍側　考德而質疑者　殆無虛歲　其祭先生文曰
爲學之方　識時之義　提耳警惰　誘掖諄至

與盧玉溪禛姜介庵翼　遊花林洞
　▪介庵花林洞詩曰　冥翁携玉溪　喚起及吾儕　時德溪亦從焉

金七峰希參來訪
　▪七峰受敬差之命　檢踏災傷於江右諸郡　訪先生於鷄伏堂　先
生嘗以政煩賦重　饑饉荐臻　生民困瘁　憂歎不已　不啻若在己　及
見金公　爲道所以裕民之方　展盡靡遺　及別　金公有詩云　古人好
靜坐　今日見夫君

◎ 52세: 1552년 (명종7, 임자, 가정嘉靖 31)
　부실副室이 아들 차석次石을 낳았다.

　▪ 선생의 부실은 사인士人 송린宋璘(1509-1573)[34]의 딸이다.

◎ 삼족당 김대유의 부음을 듣고 곡하였다.

---

34) 송린宋璘 : 자는 숙옥叔玉이며, 본관은 은진이다. 남명과 교유하였다.

• 삼족당의 장례에 선생이 가서 곡하였으며, 뒤에 묘갈명을 지었다. 삼족당이 선생의 빈궁함을 염려하여 임종할 때에 손수 '매년 곡식 얼마씩을 보내주어라.'라는 내용을 적어 여러 아들에게 명했다. 선생이 받지 않고 시를 적어 사례하기를, "사마광司馬光에게도 받지 않았나니, 그 사람은 바로 유도원劉道源[35])이라네. 그런 까닭으로 호강후胡康侯[36])는, 죽을 때까지 가난을 말하지 않았다네."라고 하였다.

◎ 청송聽松 성수침成守琛(1493-1564)[37])의 편지에 답했다.

三十一年 壬子 先生五十二歲
副室子次石生
• 先生副室 士人宋璘女

哭金三足堂
• 三足之葬也 先生往哭之 後又撰碣銘 三足念先生貧窶 臨沒
手書歲遺之粟若干 以命其諸子 先生不受 以詩謝曰 於光亦不受
此人劉道源 所以胡康候 至死貧不言

答成聽松守琛書

---

35) 유도원劉道源 : 송나라 학자 유서劉恕를 말한다. 도원은 그의 자이다.
36) 호강후胡康侯 : 송나라 학자 호안국胡安國을 말한다. 강후는 그의 자이다.
37) 청송聽松 성수침成守琛 : 자는 중옥仲玉, 호는 청송聽松이며, 본관은 창녕이다. 정암靜庵 조광조趙光祖(1482-1519)의 문인이며, 남명과 교유하였다.

◎ 53세 : 1553년 (명종8, 계축, 가정嘉靖 32)
   퇴계退溪 이황李滉(1501-1570)의 편지에 답했다.

   三十二年 癸丑 先生五十三歲
   答李退溪滉書

◎ 54세: 1554년 (명종9, 갑인, 가정嘉靖 33)
   개암 강익이 와서 배웠다.

   ▪ 선생이 공과 더불어 학문에 관해 논하다가, 학자들이 끝까지 잘 할 수 있는 이가 드물다는 것을 언급하였다. 그리고 말씀하기를 "확실히 신뢰하여 의심할 만한 것이 없음을 보장할 수 있는 이는 오직 그대뿐이라네."라고 했다.

   三十三年 甲寅 先生五十四歲
   姜介庵來學
   ▪ 先生與公論學 語及學者之鮮克有終 日 的然相信 保無可疑
   者 惟吾子爾

◎ 55세: 1555년 (명종10, 을묘, 가정嘉靖 34)
   2월에 송암松巖 박제현朴齊賢(1521-1575)[38]과 그의 아우 황암篁

---

38) 송암松巖 박제현朴齊賢 : 자는 맹사孟思, 호는 송암松巖이며, 본관은 경주이다. 황암篁岩 박제인朴齊仁의 형으로, 동생과 함께 남명의 문하에서 수학하였다.

남명선생편년의례南冥先生編年義例

^岩 박제인朴齊仁(1536-1618)[39]이 와서 배웠다.

◎ 단성현감丹城縣監에 제수되었으나, 상소를 올려 사양하였다.

• 상소의 내용은 대략 다음과 같다.

"저의 나이는 예순에 가깝고 학문은 어두운데, 이름을 도둑질하여 집사執事에게 제가 훌륭한 인물이라고 잘못 판단하게 했고, 집사는 이름만 듣고서 전하께서 제가 훌륭한 인물이라고 잘못 판단하시도록 한 것입니다. 전하께서는 과연 저를 어떠한 사람이라 생각하십니까? 그 사람을 알지 못하면서 등용하여 훗날 국가의 수치가 된다면, 어찌 죄가 보잘것없는 저에게만 있겠습니까? 저는 차라리 신의 한몸을 저버릴지언정 차마 전하는 저버릴 수 없습니다.

전하의 나라일이 이미 그릇되었고 나라의 근본이 이미 망했으며 하늘의 뜻은 이미 떠나버렸고 민심도 이미 이반되었습니다. 비유하자면, 백 년 동안 벌레가 그 속을 갉아먹어 진액이 이미 말라버린 큰 나무가 있는데, 회오리바람과 사나운 비가 어느 때에 닥쳐올지 전혀 알지 못하는 것과 같으니, 이 지경에 이른 지가 오랩니다. 낮은 벼슬아치는 아래에서 히히덕거리면서 주색만을 즐기고, 높은 벼슬아치는 위에서 어름어름하면서 오로지 재물만을 늘리며, 물고기의 배가 썩어들어가는 것 같은데도 그것

---

39) 황암篁嵒 박제인朴齊仁 : 자는 중사仲思, 호는 황암篁嵒이며, 본관은 경주이다. 송암松巖 박제현朴齊賢의 동생으로, 형과 함께 남명의 문하에서 수학하였다.

을 바로잡으려고 하지 않습니다. 게다가 궁궐 안의 신하는 후원하는 세력 심기를 용이 못에서 끌어들이는 듯하고 궁궐 밖의 신하는 백성 벗기기를 이리가 들판에서 날뛰듯 합니다. 그들은 가죽이 다 해어지면 털도 붙어 있을 데가 없다는 것을 알지 못합니다. 신은 이 때문에 오랫동안 생각하고 길이 탄식하면서 낮에는 하늘을 우러러보며 탄식한 것이 여러 차례이고, 크게 한탄하면서 아픈 마음을 억제하며 밤에 천장을 쳐다본 지가 오래되었습니다.

자전慈殿께서 생각이 깊으시기는 하나 깊숙한 궁중의 한 과부에 지나지 않고, 전하께서는 어리시어 다만 선왕의 한 외로운 아드님이실 뿐이니, 천 가지 백 가지의 천재天災와 억만 갈래의 민심民心을 어떻게 감당해내며 무엇으로 수습하시겠습니까? 이런 때를 당해서는 비록 재주가 주공周公·소공召公을 겸하고, 지위가 정승 자리에 있다 하더라도 또한 어떻게 손을 쓰지 못할 것입니다. 하물며 한 보잘것없는 몸으로 초개와 같은 재주를 가진 제가 무엇을 할 수 있겠습니까? 위로는 만에 하나도 위태로움을 붙들 수 없고, 아래로는 털끝만큼도 백성을 보호할 수 없으니, 전하의 신하 노릇하기가 또한 어렵지 않겠습니까? 조그만 헛된 이름을 팔아서 전하의 관작을 얻어 그 녹을 먹으면서도 그 녹에 맞는 일을 하지 않는 것은 또한 신이 원하는 바가 아닙니다.

또 제가 요즈음 보건대, 변방에 일이 생겨 여러 대부들이 제때에 밥도 먹지 못하지만, 저는 놀라지 않았습니다. 왜냐하면 이 일은 20년 전에 터질 것인데, 전하의 신무神武하심에 힘입어서 지금에야 비로소 터진 것이지, 하룻저녁에 갑자기 생긴 것이 아니라고 생각했기 때문입니다. 평소에 조정에서 재물로 사람을 임용하니, 재물만 모이고 백성은 흩어져버렸습니다. 그래서 마침내 장수의 자격에 합당한 사람은 없고 성에는 군졸이 없어서, 외적이 무인지경에 들어오는 듯 했으니 이것이 어찌 괴이한 일이겠습니까? 그러나 이와 같은 것은 피부에 생긴 병에 지나지 않아서 가슴과 배의 통증이 되지는 못합니다. 나라일을 정돈하는 것은 자질구레한 정치나 형벌에 있지 아니하고 오직 전하의 마음에 달려 있습니다. 유독 전하께서 종사하시는 일이 무슨 일인지 모르겠습니다. 학문을 좋아하십니까? 풍류와 여색을 좋아하십니까? 활쏘기와 말달리기를 좋아하십니까? 군자를 좋아하십니까? 소인을 좋아하십니까? 좋아하시는 바에 따라서 나라가 흥하느냐 망하느냐 하는 것이 달려 있습니다.

진실로 어느 하루 깜짝 놀라 깨달아, 팔을 걷어붙이고 학문에 힘쓰시면 홀연히 덕을 밝히고 백성을 새롭게 하는 도리를 얻게 될 것입니다. 그렇게 하시면 덕을 밝히고 백성을 새롭게 하는 도리 안에 온갖 선이 갖추어지게 되고, 온갖 덕화도 이로 말미암아서 나오게 됩니다. 이것을 들어서 시행하면 나라를 다 잘 살게 할 수 있고, 백성을 화합하게 할 수 있으며, 위태로움을 편안하게 만들 수 있습니다. 훗날 전하께서 왕도王道의 경지에 이르도록 덕화를 베푸신다면, 저는 마부의 끝자리에서 채찍을 잡고 그 마음과 힘을 다해서 신하의 직분을 다할 것이니, 어찌 임금을 섬길 날이 없겠습니까?"라고 하였다.

상소가 들어가자 임금이 진노하였으니, 자전慈殿을 침범하는 말을 했다고 생각했기 때문이다. 당시의 승상 심연원沈連源·상진 尙震 등이 『송사宋史』에 기록된 구양수歐陽脩의 말을 인용하여 말씀을 올리자 마침내 무사하게 되었다. 처음 상소를 작성할 때에 그 내용을 본 사람들이 위태롭게 여겼는데, 선생은 오히려 자신의 심회를 다 아뢰지 못했다고 생각했다. 이미 상소를 봉해서 올린 후에는 문을 닫아걸고 거적에 앉아 엄중한 처벌을 기다린 것이 여러 달이었다.

-율곡栗谷 이이李珥(1536-1584)의 『석담일기石潭日記』에는 다음과 같이 기록하고 있다.

"당시 간악한 권신權臣이 일을 꾸며 문정왕후文定王后를 그릇되게 인도하여 사림士林이 기운을 잃게 만들었다. 비록 공론公論을 가탁하여 유일遺逸을 천거하였지만, 이것은 단지 겉치레일 뿐이고 알맹이는 없었다. 그러므로 조식이 벼슬에 나아갈 뜻이 없어 상소를 올려 사직하면서 당시의 폐단을 진술하였다.-

◎ **영무성**寧無成 **하응도**河應圖(1540-1610)[40])**가 와서 배웠다.**

三十四年 乙卯 先生五十五歲
二月 朴松巖齊賢及其弟篁巖齊仁來學

---

40) 영무성寧無成 하응도河應圖 : 자는 원룡元龍, 호는 영무성寧無成이며, 본관은 진양이다. 남명의 문하에서 수학하였다.

除丹城縣監 上疏 辭

‧疏略曰 臣年近六十 學術疎昧 盜名而謬執事 執事聞名 而誤殿下 殿下果以臣爲何如人耶 不知其人而用之 爲他日國家之恥 則何但罪在微臣乎 臣寧負一身 不忍負殿下 殿下之國事已非 邦本已亡 天意已去 人心已離 譬如大木 百年蟲心 膏液已枯 茫然不知飄風暴雨 何時而至者 久矣 小官嬉嬉於下 姑酒色是樂 大官泛泛於上 惟貨賂是殖 內臣樹援 龍拏于淵 外臣剝民 狼恣于野 亦不知皮盡 而毛無所施 臣所以長想永息 晝以仰觀天者 數矣 噓唏掩抑 夜以仰看屋者 久矣 慈殿塞淵 不過深宮之一寡婦 殿下幼沖 只是先王之一孤嗣 天災之百千 人心之億萬 何以當之 何以收之耶 當此之時 雖有才兼周召 位居鈞軸 亦難其有爲矣 況如微臣 有如草芥者乎 上不能持危於萬一 下不能庇民於絲毫 爲殿下之臣 不亦難乎 若賣斗筲之名 而賭殿下之爵 食其食而不爲其事 則亦非臣之所願也 且臣近見邊鄙有事 諸大夫旰食 臣則不自爲駭者 嘗以爲此事 發在二十年之前 而賴殿下神武 於今始發 非出於一夕之故也 平日朝廷 以貨用人 聚財而散民 畢竟將無其人 城無軍卒 賊入無人之境 豈是怪事耶 然若此者 不過爲膚革之疾 未足爲心腹之痛也 整頓國事 非在於區區之政刑 惟在殿下之一心而已 獨不知殿下之所從事者 何事耶 好學問乎 好聲色乎 好弓馬乎 好君子乎 好小人乎 所好在是 而存亡繫焉 苟能一日惕然警悟 奮然致力於學問之上 有得於明新之道 則萬善具在 百化由出擧而措之 國可使均也 民可使和也 危可使安也 他日殿下致力於王道地域 臣當執鞭於廝臺之末 竭其心膂 以

盡臣職 寧無事君之日乎云云 疏入 上怒 以爲語逼慈殿 時沈相
連源尙相震 擧宋史歐陽脩語 以證之 竟得無事 始治疏也 見者
危之 先生猶以爲未盡自効 旣封上 杜門席藁 以待嚴譴者累月
(李栗谷珥石潭日記 時權奸用事 訛誤文定王后 使士林喪氣 雖
託公論薦用遺逸 只是虛文而無實 故曺某無意仕進 因上疏辭職
兼陳時弊)

河寧無成應圖來學

◎ 56세: 1556년 (명종11, 병진, 가정嘉靖 35)

　환성재喚醒齋 하락河洛(1530-1592)[41]과 그 아우 각재覺齋 하항河
沆(1538-1590)[42]이 와서 배웠다.

　-사호思湖 오장吳長이 지은 각재의 봉안문奉安文에, "구석진 바
닷가 모퉁이, 대도大道가 막혀 있었네. 3천년 내려오면서, 듣고
보는 것이 어두웠네. 하늘이 걱정하여, 우리 남명南冥 낳으셨네.
거친 물결 속 바위처럼 우뚝 섰고, 환히 빛나는 해와 별처럼 드
높았네. 당시 문하에 나아온 자들, 분량에 따라 원하는 바를 얻
었네. 사문師門에서 독실하게 공부하니, 도가 가깝고 멀지 않았

---

41) 환성재喚醒齋 하락河洛 : 자는 도원道源, 호는 환성재喚醒齋이며, 본관은 진
　　양이다. 각재覺齋 하항河沆의 형으로, 동생과 함께 남명의 문하에서 수학
　　하였다.
42) 각재覺齋 하항河沆 : 자는 호원浩源, 호는 각재覺齋이며, 본관은 진양이다.
　　환성재喚醒齋 하락河洛의 동생으로, 형과 함께 남명의 문하에서 수학하
　　였다.

네. 돈독하게 가르침을 받은 이, 바로 각재 선생이라네. 곧고 선량하고 간절하며, 평이하고 정직하고 총명했네. 학문은 경의敬義를 준행했고, 행실은 효제孝悌를 온전히 했네."라고 하였다.

　•각재가 항상 말하기를, "내가 병이 들어 매우 혼미할 때에라도 선생이 들어와 앉으시면 아픔이 몸에서 떠나고 정신이 되살아남을 느끼곤 했었다."라고 했다.-

　三十五年 丙辰 先生五十六歲

　河喚醒齋洺及其弟覺齋沇來學 (吳思湖長 撰覺齋奉安文曰 有偏海隅 大道其否 垂三千年 昧昧聽視 帝爰畫衷 發我南冥 砥柱橫波 揭此日星 惟時及門 隨分得願 慥慥宮墻 道邇不遠 載篤其受 曰惟先生 貞良惻怛 易直聰明 學遵敬義 行全孝弟 •覺齋常言 吾方疾 甚昏悶時 先生入門而坐 則每覺沈痛去體 精神蘇快)

◎ 57세: 1557년 (명종12, 정사, 가정嘉靖 36)
　부실이 아들 차마次磨를 낳았다.

◎ 보은報恩 속리산俗離山으로 가서 대곡 성운을 방문하였다.

　•대곡이 속리산 아래에 은거하고 있었는데, 선생이 방문하여 예전에 배운 것을 강론하였다. 그때 동주東洲 성제원成悌元이 고을의 수령으로서 찾아와 만났는데, 며칠 동안 함께 즐거운 시간을 보냈다. 선생이 돌아가려 하자, 대곡이 전송하며 계당溪堂 최

홍림崔興霖의 금적정사金積精舍에까지 왔다. 대곡이 제생을 모으고 남명에게 왕도王道와 패도霸道 가운데 무엇을 택하고 버릴지에 대한 분변과 정일精一·중화中和에 관한 설을 강론講論해주기를 청하였다. -후세 사람들이 금화金華에 사당을 세워 선생과 여러 선현을 봉사奉祀하였다.-

작별할 때에 대곡이 증별시를 지어, "천리의 이별을 어찌 견디랴, 백년의 회포도 풀지 못했네."라고 하니, 선생이 화운하였다. 동주가 가는 길에 미리 전송하는 자리를 마련하여 손을 잡고 작별하면서 "그대와 내가 모두 중늙은이인데, 각자 다른 고을에 살고 있으니 다시 만날 수 있으리라 어찌 기대하겠소."라고 말하며, 이듬해 8월 15일에 가야산伽倻山 해인사海印寺에서 만나기로 약속했다. -증별시로 지은 절구 한 수가 있다.-

三十六年 丁巳 先生五十七歲
副室子次磨生

訪成大谷于報恩之俗離山
·大谷隱居俗離山下 先生往訪 講論舊學 時成東洲悌元 以邑宰來見 歡洽數日 先生將歸 大谷送至于崔溪堂興霖金積精舍 會諸生 請講王霸取舍之辨及精一中和之說 (後人立祠於金華 以祀先生及諸賢) 臨別 贈詩曰 那堪千里別 未解百年愁 先生和之 東洲預設餞席于中路 執手而別曰 君我俱中年 各棲異鄉 更面詎期耶 以翌年八月十五日 期會于伽倻山海印寺 (有贈詩一絶)

◎ 58세: 1558년 (명종13, 무오, 가정嘉靖 37)
4월에 두류산頭流山을 유람하였다.

▪ 이 달 14일에 진주목사晉州牧使 김홍金泓, 수재秀才 이공량李
公亮, 황강黃江 이희안李希顔, 구암龜巖 이정李楨(1512-1571)[43] 등과
함께 사천泗川의 쾌재정快哉亭에서 모였다. 배를 타고 바다를 건
너고 섬진강蟾津江을 거슬러 올라가 쌍계사雙溪寺에서 묵었다. 불
일암佛日庵에 올랐다가 신응동神凝洞으로 들어갔는데, 산중山中에
있은 날이 모두 십 여일이었다. 「유두류록遊頭流錄」이 있는데, 대
략적인 내용은 다음과 같다.

"당초 위쪽으로 오를 적에는 한 발자국을 내디디면 다시 한
발자국을 내딛기가 어렵더니, 아래쪽으로 달려 내려올 때에는
단지 발만 들어도 몸이 저절로 흘러내려가는 형국이었다. 이것
이 어찌 선善을 좇는 것은 산을 오르는 것과 같고, 악惡을 좇는
것은 산을 내려가는 것과 같은 일이 아니겠는가?

밤에 누워서 가만히 경계하기를, '명산에 들어온 자가 누군들
그 마음을 씻지 않겠으며, 누군들 자신을 소인이라 하기를 달가
워하겠는가마는, 필경에는 군자는 군자이고 소인은 소인이니, 열
흘 춥고 하루 볕 쪼이는 정도로는 아무런 유익함이 없다는 것을
알 수 있다.'라고 하였다.

또 이르길, '쌍계사雙溪寺와 신응사神凝寺 두 절이 모두 두류산

---

43) 구암龜巖 이정李楨 : 자는 강이剛而, 호는 구암龜巖이며, 본관은 동성東城이
   다. 규암圭庵 송인수宋麟壽와 퇴계 이황의 문인이며, 남명 조식과 교유하
   였다.

한복판에 있어 마치 사람의 연기가 드물게 닿을 듯한데도, 오히려 공가公家의 부역을 견딜 수 없는 형편이었다. 절의 승려가 고을 목사에게 조금이라도 완화해주기를 청하는 편지를 써달라고 부탁했다. 그들이 하소연할 데가 없음을 안타깝게 생각해서 편지를 써주었다. 산에 사는 승려의 형편이 이러하니 산촌 백성들의 사정도 알 만하였다. 행정은 번거롭고 세금은 과중하여 백성과 군졸이 유망流亡하여 아버지와 아들이 서로를 돌보지도 못하고 있다. 조정에서 바야흐로 이를 크게 염려하고 있는데, 우리가 그들의 등뒤에서 여유작작하게 한가로이 노닐고 있으니 이것이 어찌 참다운 즐거움이겠는가?'라고 하였다."

일반적인 유람의 과정에서도 스스로 경계함이 이와 같았으며, 백성을 근심함이 또한 이러하였다.

▪ 어떤 한 학자가 쌍계사로부터 오대사五臺寺를 거쳐 선생을 찾아와 뵈었다. 그가 그 자리에서 사람들이 나무를 베어 민둥산을 만들고 밭을 개간하므로 산의 모습이 헐벗은 것이 흠이라고 말하였다. 그러자 선생이 말씀하길 "그것은 본래 스스로 취한 것이다. 높고 가파르다면 누가 범할 수 있겠는가."라고 하였다.

◎ 8월에 동주東洲 성제원成悌元(1506-1559)[44]과 해인사海印寺에서 만났다.

▪ 선생이 이전에 동주와 만나기로 약속을 했었는데, 이때에

---

44) 동주東洲 성제원成悌元 : 자는 자경子敬, 호는 동주東洲이며, 본관은 창녕이다. 남명과 교유하였다.

남명선생편년의례南冥先生編年義例

장맛비가 연일 계속 내렸다. 선생이 비를 무릅쓰고 해인사로 가니, 동주도 도착해서 도롱이를 벗고 있는 참이었다. 서로 반갑게 손을 잡았으며, 여러 날 동안 강독과 토론을 하였다. 동주가 해인사로 올 적에 대곡이 시를 지어 전송했는데, "남쪽 가야산으로 향하는 말발굽 경쾌하니, 멀리서 기약한 처사와 이제 만나게 되리. 종산鍾山이 만약 밭가는 늙은이를 묻거든, 나이 들수록 병만 더욱 많아졌다고 전해주오."라고 하였다.

◎ **개암 강익이 와서 곁에서 뫼셨다.**

- 살펴보건대 공의 연보에 다음과 같이 기록하였다.

"이 해 겨울 뇌룡정雷龍亭에 와서 뫼셨는데, 『주역』을 배우면서 두세 달 머물다가 돌아갔다. 그가 선생에게 올린 편지에, '학력學力이 점점 퇴보하니, 소인이 되는 것을 면하지 못할 듯합니다. 즐거이 가르쳐주신 은혜를 저버리는 죄를 장차 어떻게 해야 하겠습니까? 동지同志들과 『의례儀禮』를 읽고 있는데, 예학가禮學家들의 수많은 논쟁에 대해 얕은 견해로는 궁구할 수 없어 의문나는 점에 대해 차자箚子를 붙여 선생님께 올립니다.'라고 하였다. 공의 차자에 대해 선생이 비답批答을 주셨는데, 모두 일실되어 전하지 않는다."

- 동강東岡 김우옹金宇顒이 말하기를, "선생은 혼인·상례·제사 등의 예법을 모두 『주자가례朱子家禮』를 본받았는데, 그 큰 뜻은 따르고 세세한 절차는 꼭 다 합치되기를 구하지 않았다. 그리하여 옛 예법을 회복할 수 있는 점진적인 단계로 삼았다. 그 당시

사대부의 집에서 이것에 감화를 받은 자들이 많이 있었고, 이로 인해서 풍속도 조금 바뀌었다."라고 하였다.

-한강寒岡 정구鄭逑가 퇴계 이황에게 질문하기를, "올바른 혼례의 풍속이 사라진 지가 오래되어 후대 사람들이 실로 회복할 수 없었습니다. 그런데 남명 선생이 옛 것을 취하고 지금 것을 참고하여 초혼初婚의 상견례相見禮를 거행할 때 친영親迎하는 한 대목을 빼는 것 외에는 그 밖의 절차를 그대로 예법에 의거해 행하였습니다."라고 하자, 퇴계가 답하기를 "좋습니다. 좋습니다. 우리 집안에서도 이미 그렇게 행하고 있습니다."라고 하였다.

◎ **죽유竹牖 오운吳澐(1540-1617)[45]이 산해정山海亭에 와서 배웠다.**

-공을 위해 조형도趙亨道가 지은 제문에, "산해당山海堂에 올라 퇴도실退陶室에 들어갔네. 뜻한 바가 바르고 컸으며, 학식이 올바르고 확실했네."라고 했다. 또 나라에서 내린 제문에, "학문은 산해山海를 종주로 하였고, 도道는 도산陶山을 존모했네."라고 하였다.-

三十七年 戊午 先生五十八歲

四月 遊頭流山

▪ 是月十四日 與金晋州泓 李秀才公亮 李黃江希顔 李龜巖楨 會于泗川之快哉亭 登船泛海 沂蟾津而上 留雙溪寺 登佛日庵

---

45) 죽유竹牖 오운吳澐 : 자는 태원太源, 호는 죽유竹牖이며, 본관은 고창高敞이다. 남명과 퇴계의 문하에서 수학하였다.

入神凝洞 凡在山中 十有餘日 有頭流錄 其略曰 初登上面 一步
更難一步 及趨下面 徒擧足而身自流下 豈非從善如登 從惡如崩
者乎 夜臥默警曰 入名山者 誰不洗濯其心 肯自謂曰小人乎 畢
竟君子爲君子 小人爲小人 可見一曝之無益也 又曰 雙溪神凝
皆在頭流心腹 疑若人烟罕到 而猶不勝公家之役 寺僧乞簡於州
牧以舒一分 憐其無告 裁簡與之 山僧如此 村氓可知矣 政煩賦
重 民卒流亡 父子不相保 朝家方是軫念 而吾輩自在背處 優游
暇豫 豈是眞樂耶云云 尋常遊歷之際 其自警如此 憂民又如此
・又有一學者 自雙溪歷五臺寺 來謁先生 因言赭山爲田 山容濯
濯 此其欠也 先生曰 渠實自取 嶷然截然 孰能犯之

八月 會成東洲于海印寺
・先生前與東洲有約 至是陰雨連日 先生冒雨而行 及至 東洲
已到 方脫簑衣 相與欣握 講討累日 東洲之來 大谷以詩送之曰
南向伽倻馬足輕 遙期處士此相迎 鍾山若問躬耕叟 爲報年添病
轉嬰

姜介庵來侍
・按公年譜 是年冬 來侍於雷龍亭 學周易 留數月而歸 其所
上先生書 有曰 學力漸退 將不免小人之歸 孤負樂育之罪 將何
如也 方與同志讀儀禮 而禮家聚訟 非謏見所能究竟 當箚拈疑義
承於函丈云云 公之所箚 先生之所批 皆逸而不傳 ・金東岡宇顒
曰 先生於婚姻喪葬祭祀之禮 皆倣家禮 取其大意 其節文不求盡

合 以是爲復古之漸 一時士大夫之家 多有化之者 而風俗亦爲之
少變矣 (寒岡問於退溪曰 婚禮之廢久矣 下之人固不可復 然南
冥先生酌古參今 使之初昏相見 關親迎一條外 其餘曲折 尙自依
禮 退溪答曰 好好 弊家曾亦已行之云)

　吳竹牖來學于山海亭 (趙亨道祭公文曰 升山海堂 入退陶室
趨向正大 學識端的 又賜祭文曰 學宗山海 道慕陶山)

◎ 59세: 1559년 (명종14, 기미, 가정嘉靖 38)
　봄에 대소헌大笑軒 조종도趙宗道(1537-1597)[46]가 그의 장인 신
　암新庵 이준민李俊民(1524-1591)[47]을 따라 폐백을 가지고 와서
　뵈었다.

◎ 조지서 사지造紙署司紙에 제수되었으나, 병으로 사임하고 나
　아가지 않았다.

◎ 5월에 황강 이희안의 부음을 듣고 곡하였다.

　▪ 장삿날에 선생이 가서 참례하였다.

---

46) 대소헌大笑軒 조종도趙宗道 : 자는 백유伯由, 호는 대소헌大笑軒이며, 본관
　은 함안이다. 남명의 문하에서 수학하였다.
47) 신암新庵 이준민李俊民 : 자는 자수子修, 호는 신암新庵이며, 본관은 전의全
　義이다. 안분당 이공량의 아들로, 남명에게는 생질이 된다.

◎ **8월에 성주星州로 찾아가 칠봉 김희삼을 방문했다.**

　-살펴보건대, 칠봉의 연보에 "선생이 진재進齋로 와서 공을 방문하였는데, 의리義理의 학문을 강명하고 며칠 머물다가 돌아갔다."라고 했다.

　▪ 그때 개암開巖 김우굉金宇宏이 칠봉의 중자仲子로서 곁에 뫼시면서 의문나는 점을 여쭙고 가르침을 받았으며, 이로부터 선생의 문하에 왕래하였다.

　퇴계 선생이 공에게 답한 편지에, "평소에 감히 남을 누르고 자신을 드러내며 세상을 깔보고 사람을 업신여기는 마음을 가지지 않았는데, 하물며 성인聖人의 말씀을 훔쳐 스스로 뽐내고 감히 다른 사람을 배척할 수 있겠습니까. 다른 사람에 대해서도 감히 못하거늘 하물며 조남명曹南冥을 배척하겠습니까. 옛 말에 이르길, '흐르는 구슬이 항아리에서 멈추고 헛된 소문이 지혜로운 자에게서 그친다.'고 했으니, 만약 헛된 소문으로 의심할 만한 것이라면 참으로 지혜로운 자에게서 그칠 것입니다. 그런데 오늘의 이 말은 의심할 것도 없으니, 어찌 지혜로운 자를 기다린 이후에야 그칠 것이겠습니까?"라고 했다. 이것을 살펴본다면, 공이 변론하여 질문한 뜻이 있었음을 또한 고찰할 수 있다.-

◎ **모촌茅村 이정李瀞(1541-1613)[48]이 와서 배웠다.**

---

48) 모촌茅村 이정李瀞 : 자는 여함汝涵, 호는 모촌茅村이며, 본관은 재령載寧이다. 남명의 문하에서 수학하였다.

三十八年 己未 先生五十九歲
春 趙大笑軒宗道 隨其外舅李新庵俊民 贄謁

除造紙署司紙 辭疾 不就

五月 哭李黃江
・及葬 先生又往會

八月 訪金七峰于星州 (按七峰年譜 先生訪公于進齋 講明義
理之學 留數日而歸 ・時開巖宇宏 以七峰仲子侍側 因質疑受敎
自是往來門下 退溪先生答公書 有曰 平生未敢懷抑彼揚己 傲世
凌人底心 況可攘聖語以自抗 而敢麾斥他人耶 在他人猶不敢 況
斥曹南冥耶 古語云 流丸止於甌臾 流言止於智者 若流言之可疑
者 固止於智者 今此語者 無所可疑 何待智者而後止耶 觀此知
公有所辨質之意亦可考)

李茅村瀞來學

◎ 60세: 1560년 (명종15, 경신, 가정嘉靖 39)
　부실副室이 아들 차정次矴을 낳았다.

◎ 일신당日新堂 이천경李天慶(1538-1610)[49]이 와서 배웠다.

◎ 칠봉 김희삼의 부음을 듣고 곡하였다.

  ▪ 선생이 만시輓詩를 지었는데, "머리가 허연 친구인 나는 삼
백 리 밖에 있는데, 그대 생각나면 어디에서 훌륭한 그 기상을
보겠는가?"라고 했다.

◎ 송암松庵 김면金沔(1541-1593)50)이 와서 배웠다.

三十九年 庚申 先生六十歲
副室子次矵生

李日新堂天慶來學

哭金七峰
  ▪ 先生有輓詩曰 頭白故人三百里 憶君何處見揚休

金松庵沔來學

◎ 61세: 1561년 (명종16, 신유, 가정嘉靖 40)
  황강 이희안의 묘표문墓表文을 지었다.

---

49) 일신당日新堂 이천경李天慶 : 자는 상보祥甫, 호는 일신당日新堂이며, 본관
   은 합천이다. 남명의 문하에서 수학하였다.
50) 송암松庵 김면金沔 : 자는 지해志海, 호는 송암松庵이며, 본관은 고령이다.
   남명과 퇴계의 문하에서 수학하였다.

◎ 진주 덕산德山의 사륜동絲綸洞으로 옮겨 살았다.

▪ 선생이 두류산頭流山의 산수를 사랑하여 여러 차례 덕산동에 들어갔었는데, 이해에 이곳으로 옮겨 살았다. 다음과 같은 시가 있다. "봄 산 어느 곳엔들 향그러운 풀 없으리오마는, 다만 천왕봉天王峯 -두류산 상봉의 이름이 천왕이다- 하늘 나라에 가까운 걸 사랑해서라네. 맨손으로 들어와서 무얼 먹고 살 건가? 은하수 같이 맑은 물 십리니 먹고도 남겠네."

▪ 선생은 아우 조환曺桓과 우애가 독실하였다. 일찍이 말씀하기를 "지체支體와 떨어질 수 없다."라고 하여 한 집에 같이 살며 함께 밥 먹고 한 이불에 잠을 자면서 즐겁게 지냈다. 이때에 이르러 토동兎洞의 전장田庄을 모두 아우에게 주면서 그곳에 그대로 살게 했다.

◎ 산천재山天齋가 낙성되었다.

▪ 정사精舍를 짓고 편액扁額을 달아 '산천재'라 이름했다. 『주역周易』의 '강건剛健하고 독실篤實하여 광채가 날마다 새롭다'는 뜻에서 따온 것이다. 창문과 벽 사이에 경의敬義 두 글자를 크게 써 붙였으며, 또 좌우座右에「신명사도神明舍圖」를 걸어두고 명銘을 지어 "태일진군太一眞君이 명당明堂에서 정사를 편다. 안에서는 총재冢宰가 관장하고, 밖에서는 백규百揆가 살핀다. 추밀樞密을 받들어 말의 출납을 맡아, 진실되고 미덥게 언어로 표현한다. 네 글자의 부절符節을 발부하고, 백 가지 금지의 깃발을 세운다.

아홉 구멍의 사학함도, 세 군데 요처要處에서 처음으로 나타난다. 낌새가 있자마자 용감하게 이겨내고, 나아가 반드시 섬멸토록 한다. 승리를 임금께 보고하니, 요순의 세월이로다. 세 관문을 닫아두니, 깨끗이 치워진 들판이 끝없이 펼쳐 있다. 하나에로 되돌아가니, 시동尸童과도 같으며 연못과도 같도다."라고 하였다.

또 "밥해 먹던 솥도 깨부수고 주둔하던 막사도 불사르고 타고 왔던 배도 불 지른 뒤, 사흘 먹을 식량만 가지고 사졸들에게 죽지 않고는 결코 돌아오지 않으리라는 의지를 보여주어야 하는데, 이와 같아야 바야흐로 반드시 섬멸할 수 있다. 충신忠信은 이 마음이 있어야 이와 같이 덕에 나아갈 수 있다."라고 써놓았다. 그리고 "모름지기 마음 안에서 말이 땀을 흘릴 정도의 엄청난 전공戰功을 거두어야 한다."라고도 하였다.

대체로 선생의 학문은 건괘乾卦 구삼九三과 곤괘坤卦 육이六二의 뜻에서 터득한 바가 있었다. 그러므로 강건하고 날로 새로워 노쇠하여도 조금도 해이해지지 않음이 이와 같았다.

한강 정구가 말하길, "한결같이 고인의 법도에 따라 공부가 완숙하게 되고 큰 근본이 확립되어 일상에서의 응수가 점점 더 호활浩活해졌다."라고 하였다. 그리고 "자신의 사욕을 이겨내는 엄격함에 있어서는 구규九竅의 간악함을 섬멸하여 간특한 소리와 어지러운 색상이 혹시라도 감히 범접하지 못하게 했다. 보존하고 지키는 엄밀함에 있어서는 삼관三關으로부터 들어오는 것을 막아 부질없고 잡된 생각이 행여라도 감히 싹트지 못하게 했

다. 숙연히 항상 귀신이 눈 앞에 있는 듯이 하며, 살아 있는 용과
범이 깊은 곳에 감추어져 있는 듯이 하였다.”라고 하였다.

우암尤庵 송시열宋時烈이 말하길, “마음 깨우치고 사욕을 씻으
며, 낮에는 부지런히 하고 밤에는 두려워 했네. 학덕을 닦는 용
기는, 늙을수록 더욱 독실하였네.”라고 하였다.

◎ 약포藥圃 정탁鄭琢(1526-1605)[51]이 와서 배웠다.

-공의 연보年譜에, “남명 선생을 종유하였는데, 깊이 인정함을
받았다. 도를 지켜 우뚝이 서는 것에서 터득함이 있었으므로, 나
아가거나 물러남에 있어 한결같이 의義로써 하고 시종 절개를
온전히 지켰다.”라고 하였다.

또『동언당법東言當法』에 다음의 기록이 있다. “공이 선생에게
배우고 돌아가려 하자, 선생이 소 한 마리를 주면서 타고 가게
했다. 공이 그 뜻을 이해하지 못하니, 선생이 말씀하기를 ‘공은
말이 너무 빠르니, 느리고 더디더라도 멀리까지 갈 수 있는 것만
못하다.’라고 하였다.”

▪ 살펴보건대, 공의 중부仲父가 삼가三嘉의 수령을 지낸 적이
있는데, 공이 실제로 따라갔었다면 남명의 문하에서 처음으로
배운 것은 마땅히 이때가 될 것이다. 지금 「연보」에 기록된 바에
의거하여 우선 이 해의 아래에 붙여두고 이후에 다시 상고하기
를 기다린다.-

---

51) 약포藥圃 정탁鄭琢 : 자는 자정子精, 호는 약포藥圃이며, 본관은 서원西原이
    다. 남명과 퇴계의 문하에서 수학하였다.

◎ 7월에 운강雲岡 조원趙瑗(1544-1595)[52]이 와서 배웠다.

-공이 선생을 위해 지은 제문에 다음과 같이 말하였다. "신유년 초가을에, 처음으로 문하에 나아가 뵈었네. 못난 사람을 극진히 거두어, 정성스럽게 가르쳐주셨네. 나아갈 방향을 가르쳐 주시니, 거경居敬과 궁리窮理였네."라고 하였다.-

◎ 영모당永慕堂의 기문記文을 완성하였다.

◎ 11월에 동곡桐谷 이조李晁(1530-1580)[53]가 와서 배웠다.

四十年 辛酉 先生六十一歲
撰李黃江墓表

移居于晉州德山之絲綸洞
・先生嘗愛頭流山水 累入德山洞 是年移居 有詩曰 春山底處無芳草 只愛天王 (頭流上峰名天王) 近帝居 白手歸來何物食 銀河十里喫猶餘 ・先生與弟桓 友愛篤至 嘗曰 支體不可離也 同居一室 合食共被 怡怡如也 至是 悉以兎洞田庄與之 使仍居焉

---

52) 운강雲岡 조원趙瑗 : 자는 백옥伯玉, 호는 운강雲岡이며, 본관은 임천林川이다. 남명의 문하에서 수학하였다. 신암 이준민의 사위이며, 여류시인 이옥봉李玉峯의 남편이다.
53) 동곡桐谷 이조李晁 : 자는 경승景升, 호는 동곡桐谷이며, 본관은 성주이다. 남명의 문하에서 수학하였다.

山天齋成

▪ 築精舍 扁曰山天齋 取易剛健篤實輝光日新之義也 窓壁間
大書敬義字 又於座右 揭神明舍圖 銘曰 太一眞君 明堂布政 內
冢宰主 外百揆省 承樞出納 忠信修辭 發四字符 建百勿旆 九竅
之邪 三要始發 動微勇克 進敎廝殺 丹墀復命 堯舜日月 三關閉
塞 淸野無邊 還歸一 尸而淵 又書破釜甑燒廬舍 持三日糧 示士
卒必死無還心 如此方會廝殺 忠信便有這心 如此方會進德 又書
須於心地 收汗馬之功 蓋先生之學 有得於乾九三坤六二之義 故
其剛健日新 不以衰老 少懈如此 寒岡曰 一味循古人塗轍 工夫
旣熟 大本旣立 日用應酬 流轉浩活 又曰 克己之嚴 則廝殺九竅
之邪 而姦聲亂色 罔敢或干 保守之密 則閉塞三關之入 而閑思
雜念 罔敢或萌 肅然常若鬼神之參於前 生龍活虎 藏在沖漠之中
尤庵曰 喚醒滌濯 日乾夕惕 進修之勇 老而彌篤

鄭藥圃琢來學 (公年譜云 從南冥先生遊 深被推許 有得乎守
道壁立 故進退一義 始終全節 又東言當法云 公嘗學于先生 及
歸 先生贈一牛以騎去 公未解其意 先生曰 公辭氣太敏 不如用
遲鈍而致遠 ▪按 公仲父 嘗宰三嘉 而公實從焉 則公之始學于
門下 當在是時 今依年譜所錄 姑附此年之下 以俟更考)

七月 趙雲岡瑗來學 (公祭先生文 有曰 歲辛酉之初秋 始獲拜
於皐比 曲收陋質 敎誨諄諄 指授向方 居敬窮理云云)

永慕堂記成

十一月 李桐谷晁來學

◎ 62세: 1562년 (명종17, 임술, 가정嘉靖 41)
　송계 신계성의 부음을 듣고 곡하였다.

　▪선생이 송계와 우정이 돈독하여 왕래하면서 학문을 강마하
였다. 일찍이 말씀하기를, "자함子誠은 내가 두려워하는 벗이다.
백수白首가 되도록 우정이 변치 않는 이는 이 사람이다."라고 했
다. 그가 세상을 떠나자 가서 곡하고 장례에 참여하였다. 뒤에
묘갈문墓碣文을 지었다.

　四十一年 壬戌　先生六十二歲
　哭申松溪
　▪先生與松溪友善　往來講磨　嘗曰　子誠　吾之畏友　白首不變
此人也　及沒　往哭會葬　後撰碣文

◎ 63세: 1563년 (명종18, 계해, 가정嘉靖 42)
　설학雪壑 이대기李大期(1551-1628)[54])가 와서 배웠다.

54) 설학雪壑 이대기李大期 : 자는 임중任重, 호는 설학雪壑이며, 본관은 전의全
　義이다.

◎ 2월에 구암 이정이 방문하였다.

▪ 이전에 귀암이 선생과 이웃에 함께 살자는 약속을 했었다. 경주부윤慶州府尹이 되었을 때 사람을 보내 집을 짓게 하였는데, 이때 찾아와 며칠 동안 학문을 강론했다. 인하여 말하기를, "참된 즐거움이 여기에 있으니, 부질없는 영화를 사절할 만하다. 교전交戰하다가 승리를 거두어 여윈 자가 살이 찌는 듯하다. 지금부터 뫼시고 종유하면서 노년을 마치더라도 족하겠다."라고 하였다.

◎ 3월, 남계藍溪에 가서 일두─蠹 정여창鄭汝昌(1450-1504) 선생의 사당祠堂에 배알하고 제생들이 강학하는 것을 들었다.

▪ 선생이 각재 하항, 영무성 하응도, 조계潮溪 류종지柳宗智, 백곡栢谷 진극경陳克敬 등을 데리고 남계에 갔었는데, 개암 강익, 역양嶧陽 정유명鄭惟明, 매촌 정복현, 남계 임희무 및 많은 선비들이 모여 강회를 열었다. 그 자리에서 정여창 선생에 대해 말씀하기를, "학문이 깊고 독실하여 조금의 흠도 없었는데, 그 분이 화를 면하지 못한 것은 천운天運이었다."라고 하였다.

◎ 갈천葛川 임훈林薰(1500-1584)[55]의 여막에 가서 위로하였다.

▪ 선생이 갈천 임훈에 대해 칭송하기를, "중성仲成의 덕과 재

---

55) 갈천葛川 임훈林薰 : 자는 중성仲成, 호는 갈천葛川이며, 본관은 은진이다. 남명과 교유하였으며, 첨모당瞻慕堂 임운林芸(1517-1572)의 형이다.

남명선생편년의례南冥先生編年義例

주는 도당都堂의 한 자리에 앉아 부화한 풍속을 다스리기에 합당하다."라고 하였다. 이때 갈천의 나이가 60세를 넘었는데, 상喪에 거하는 것이 예법보다 훨씬 더 하였다. 선생이 편지를 보내예제禮制에 맞게 슬픔을 절제할 것을 권면하였으며, 이때에 다시 찾아가 위문하였다. 어떤 사람이 "삼동三洞의 산수가 맑고 아름다워 구경할 만하다."라고 하자, 선생은 "이번 걸음은 오로지 주인을 위로하기 위해서이니, 다른 날 그와 함께 유람하여도 늦지 않을 것이다."라고 말하였다.

◎ 동강東岡 김우옹金宇顒(1540-1603)[56]이 와서 배웠다.

▪동강이 처음 선생을 뵙고 가르침을 청하니, 선생이 말씀하기를 "침잠沈潛하는 사람은 모름지기 굳세게 자신을 이기며 일을 해야 한다. 천지의 기운은 굳세다. 그래서 어떤 일이든 간에 막론하고 모두 꿰뚫어야 한다. 그대는 역량이 얕고 얇으니, 모름지기 다른 사람이 하나를 할 때 자신은 백 배를 하는 공부를 해야 거의 될 수 있을 따름이다."라고 하였다.

또 말씀하기를, "처신하는 처음부터 마땅히 금이나 옥처럼 하여 조그마한 먼지의 더러움도 받아들이지 않아야 한다. 또 장부의 거동은 무겁기가 산악과 같고 만 길 절벽처럼 우뚝해야 한다.

---

56) 동강東岡 김우옹金宇顒 : 자는 숙부肅夫, 호는 동강東岡이며, 본관은 의성이다. 남명의 벗인 칠봉七峰 김희삼金希參(1507-1560)의 아들이며, 개암開巖 김우굉金宇宏(1524-1590)의 동생이다. 형과 함께 남명의 문하에서 수학하였다.

때가 이르면 펼쳐서 많은 일을 해내야 한다."라고 하였다.

　방울을 주면서 말씀하기를, "이것의 맑은 소리가 사람을 깨우쳐 살피게 한다. 이것을 차고 있으면 깨닫기에 매우 좋다. 내가 귀중한 보배를 그대에게 주는 것이다. 그대는 잘 지닐 수 있겠는가?"라고 하였다. 동강이 "옛날 사람들이 옥玉을 차던 뜻이 아닙니까?"라고 물었더니, 선생이 답하기를 "참으로 그렇다. 하지만 이것을 차는 뜻이 더욱 절실한 것이다. 예전에 연평延平 이통李侗도 이것을 찼었다."라고 하였다. 또 '뇌雷'와 '천天' 두 글자를 써 주었다. 대체로 방울은 환기시켜 깨우치게 하는 뜻이며, '뇌천'은 대장大壯[57]의 의미를 취한 것이다. 이를 통해 자신을 성찰하고 사욕을 극복하는 공부에 힘쓰게 한 것이다.

　공이 과거에 급제하여 경연經筵에 들어가니, 선조宣祖가 "조식이 너에게 어떤 것으로 가르쳤느냐? 네가 한 공부는 어떠한 것이냐?"라고 물었다. 대답하기를 "저는 진실로 공부를 잘하지 못합니다. 만약 조식이 가르친 바를 말한다면, 잃어버린 마음을 찾는 것[求放心]으로써 근본을 삼았으며, 경敬을 으뜸으로 삼는 것으로써 잃어버린 마음을 찾는 핵심이라 여겼습니다."라고 하였다. 또 말하기를, "그의 문하에서 배운 자들 가운데 일을 맡길 만한 인물이 많이 있습니다."라고 하였다.

---

57) 대장大壯 : 『주역』의 괘 이름으로, 위는 우레[雷]이고 아래는 하늘[天]이 합쳐져 이루어진 것이다. 군자가 이것을 보고 차례에 어긋나는 일이나 예의에 벗어나는 일을 삼가면서 자신을 수양한다.

◎ 송암松巖 이로李魯(1544-1598)[58]가 와서 배웠다.

· 공이 아우 축암畜庵 이보李普·백암栢庵 이지李旨와 함께 선생을 섬겼다.

四十二年 癸亥 先生六十三歲
李雪壑大期來學

二月 李龜巖來訪
· 初 龜巖與先生 有同鄰之約 及尹東京 使人作屋 至是而來 數日講討 因曰 眞樂在是 浮榮可謝 交戰而勝 癯者肥矣 自此陪遊 終老足矣

三月 如灆溪 謁一蠹鄭先生祠 聽諸生講
· 先生與河覺齋 河寧無成 柳潮溪宗智 陳栢谷克敬 往灆溪 姜介庵 鄭嶧陽惟明 鄭梅村 林藍溪希茂 及多士 會講 因語及鄭先生曰 學術淵篤 無一疵累 其不免於禍天也

慰林葛川薰于廬所
· 先生嘗稱 仲成德器 合置都堂一隅 以鎭浮俗 是時 葛川年逾六十 居憂過禮 先生旣致書 勉以中制 及是 又委造致慰 人有言三洞山水 明麗可遊 先生曰 是行專以慰主人 他日與之同遊

58) 송암松巖 이로李魯 : 자는 여유汝唯, 호는 송암松巖이며, 본관은 고성固城이다. 남명의 문하에서 수학하였다.

未晚也

金東岡來學

• 東岡 初見先生求敎 先生曰 沈潛底人 須剛克做事 天地之
氣剛 故不論甚物事 皆透過 公力量淺薄 須下人一己百底工夫
庶可耳 又曰 行己之初 當如金玉 不受微塵之汚 且丈夫動止 重
如山嶽 壁立萬仞 時至而伸 方做出許多事業 以鈴子贈之曰 此
物淸響 解警省人 佩之覺甚佳 吾以重寶與汝 汝其堪保此否 問
莫是古人佩玉意耶 先生曰 固是 抑此意尤切 李延平亦嘗佩之
又寫雷天二字與之 蓋鈴子取喚惺 雷天取大壯 而勉以省察克己
之工也公 後登第入經筵 宜廟問曰 曹某 敎爾者何事 爾之所做
何工 對曰 臣誠不能做工 若某之所敎 則以求放心爲本 又以主
敬爲求放心之要矣 又曰 遊其門者 多有可任事之人

李松巖魯來學
• 公與弟畜庵普栢庵旨 俱事先生

◎ 64세: 1564년 (명종19, 갑자, 가정嘉靖 43)
  2월에 청송 성수침의 부음을 들었다.

◎ 7월에 삼장사三藏寺에서 덕계 오건과 만났다.

• 덕계의 『일기』에, "7월에 성산星山에서 집으로 돌아오니, 선

생이 승려에게 편지를 부쳐 삼장사로 오라고 하였다. 분부를 듣고 즉시 갔더니, 선생은 도착한 지가 이미 몇 일이나 되었다. 혼미하고 게을러 깨우침을 받기에 부족한 줄을 매우 잘 알고 있었지만, 공경히 가르침을 받들어 감발感發되는 것이 실로 많았다. 문하에 들어간 지 십년 동안 직접 배운 날은 적고 물러나와 혼자 있을 때가 많아 열흘 추웠다가 하루 햇볕을 쬐는 것과 같을 뿐만이 아닌 것이 유독 한스러웠다."라고 하였다.

선생이 덕계를 전송하면서 진교陳橋에까지 갔었는데, 산천재山天齋로부터 십리 정도 떨어진 곳이다. 그래서 지금까지도 시냇가에 있는 나무를 '송객정送客亭'이라 부른다.

四十三年 甲子 先生六十四歲
二月 聞聽松訃

七月 會吳德溪于三藏寺
▪德溪日記 七月 自星山歸家 先生附書白足 招致于三藏寺
聞教卽往 先生已至數日矣 極知昏惰 不足受砭 然欽承敎誨 感
發實多 獨恨及門十年 親炙日少 退私日多 不啻十寒一曝云云
先生嘗送德溪 至陳橋 距山天齋十里許 至今溪上有樹 名送客亭

◎ 65세: 1565년 (명종20, 을축, 가정嘉靖 44)
　덕계 오건의 편지에 답했다. -유실되었다-

▪ 당시에 자전慈殿이 요괴한 승려의 말에 미혹되어 관원을 보내 기도祈禱를 드리게 하였다. 마침 덕계가 학록學錄으로 재직하여 성안에 있다가 오관산五冠山의 전사관典祀官으로 파견되었는데, 선생이 답장에 그 일에 관해 언급하였다.

덕계의 『일기』에, "선생이 나의 편지에 답하면서 의義를 보는 것이 높지 못하다고 꾸짖으니, 혼미하고 게으른 나를 깨우쳐주심이 지극하다. 다만 이 마음이 해이해져 경책하신 가르침을 헛되이 저버리게 될까 두렵다."라고 기록하였다.

◎ 『경현록보유景賢錄補遺』가 완성되었다.

◎ 수우당守愚堂 최영경崔永慶(1529-1590)[59)]이 폐백을 갖고 와서 뵙고 배우기를 청하였다.

▪ 공이 한양으로부터 찾아와 인사를 드렸다. 선생이 한번 보고서 고결한 인물이라고 인정하였다.

◎ 매촌 정복현, 덕계 오건, 양성헌養性軒 도희령都希齡(1539-1566)[60)] 등과 지곡사智谷寺에서 만났다.

---

59) 수우당守愚堂 최영경崔永慶 : 자는 효원孝元, 호는 수우당守愚堂이며, 본관은 화순和順이다. 남명의 문하에서 수학하였다.
60) 양성헌養性軒 도희령都希齡 : 자는 자수子壽, 호는 양성헌養性軒이며, 본관은 성주이다. 당곡 정희보의 문인이다.

◎ 겨울에 성암省庵 김효원金孝元(1542-1590)[61]이 와서 뵈었다.

• 선생이 공에게 답한 편지가 있는데,『대학』과『성리대전性理大全』을 읽기를 권면하였으며, 또 모름지기 천길 절벽처럼 우뚝하게 서서 길인吉人이 되어야 한다고 말씀하였다.

• 무민당無悶堂 박인朴絪이 말하기를, "이해 4월에 문정왕후文定王后가 승하昇遐하자 윤원형尹元衡의 관직을 삭탈하여 시골로 쫓아 보내니, 귀양갔던 명사들이 모두 조정에 나아왔다. 대개 을사사화 이후로 간악한 이들이 국정을 잡아 선량한 사람들을 원수처럼 해치니, 천지가 막히고 현자가 숨어버렸다. 선생도 여러 차례 벼슬에 제수되었으나 나아가지 않았다. 이때에 간악한 이들이 쫓겨나고 조정의 반열에 깨끗한 이들이 서게 되었는데, 이듬해인 병인년(1566)에 이르러 선생이 비로소 소명召命에 응하여 나아왔다. 선생의 나아가고 물러나는 큰 절개를 이를 통해 짐작할 수 있다."라고 하였다.

四十四年 乙丑 先生六十五歲

答吳子强書 (逸)

• 時 慈殿惑妖僧之言 遣官行祈禱 時 德溪以學錄在城中 差五冠山典祀官 先生報書及之 德溪日記云 先生回報鄙書 責以見義不高 其警發昏惰至矣 但恐此心易懈 虛負警責之敎

---

61) 성암省庵 김효원金孝元 : 자는 인백仁伯, 호는 성암省庵이며, 본관은 선산善山이다. 남명과 퇴계의 문하에서 수학하였다.

景賢錄補遺成

崔守愚堂永慶 贄謁請學
• 公自京來拜 先生一見 許以高世人物

會鄭梅村 吳德溪 都養性希齡于智谷寺

冬 金省庵孝元來謁
• 先生有答公書 勉以讀大學及性理大全 又有要須壁立千仞
做成吉人之語 • 朴無悶堂紃曰 是年四月 文定王后昇遐 削奪尹
元衡官職 放歸田里 被謫名流 皆列於朝 蓋自乙巳以來 奸凶當
國 仇害善良 天地閉而賢人隱 先生屢除不就 及是 奸凶廢黜 朝
著淸明 至明年丙寅 先生始出應召命 其出處之大節 槩可見矣

◎ 66세: 1566년 (명종21, 병인, 가정嘉靖 45)
　　정월에 옥계 노진 및 여러 문생과 함께 지곡사智谷寺에 만났다.

• 10일에 선생이 지곡사에 도착하였다. 덕계가 옥계를 뫼시고
와서 뵈었다. 이튿날 개암 강익, 동강 김우옹, 매촌 정복현, 양성
헌 도희령, 역양 정유명, 남계 임희무, 사암徙庵 노관盧祼 등이 잇
달아 도착하였다. 원근의 선비들이 소문을 듣고 구름처럼 모여
여러 날 동안 강론하였다.

◎ 2월에 구암과 단속사斷俗寺에서 만났다.

• 구암이 순천부사順天府使로 부임하여 선생과 단속사에 만나 이야기를 나누기로 약속했다.

-당시 대소헌 조종도와 제생이 함께 뫼시고 갔었다. 대소헌이 이르기를, "구암 이공李公이 의리義理 가운데 의문되는 부분을 물었는데, 선생이 자세하게 논하였다."라고 하였다. 이어서 이공이 사족士族의 부인들이 실행失行한 일에 대해 이야기 하자, 선생이 말씀하기를 "선비가 자기 몸 다스리기도 겨를이 없는데, 어느 여가에 부녀자의 실행까지 따질 수 있겠는가?"라고 하였다.-

◎ 3월에 갈천 임훈, 옥계 노진, 개암 강익 등과 함께 안음安陰의 옥산동玉山洞을 유람하였다.

• 선생이 각재 하항, 대소헌 조종도, 영무성 하응도, 조계 류종지, 모촌 이정 등과 함께 함양咸陽에 가서 옥계를 방문하였다. 옥계가 개암 강익에게 부탁하여 다음날 함께 안음安陰으로 가서 갈천을 방문하였는데, 갈천이 그의 아우 첨모당瞻慕堂 임운林芸을 보내 중도에서 맞이하였다. 도착하자 인근의 여러 문생이 와서 뵙고 가르침을 청하니, 선생이 자상하고 정성스럽게 가르쳤다.

그 자리에 첨모당을 나아오게 하여 말하기를, "자네는 총명이 남보다 뛰어나 통하지 않는 바가 없고자 하는데, 다만 이렇게만 해서는 옳지 않다. 요堯임금처럼 지혜로운 분도 급선무를 우선적으로 행하였다. 군자는 능력이 많다고 해서 다른 사람을 거느릴 수 없다. 우리 유가儒家의 일은 본래 내외內外와 경중輕重의 분별이 있다. 주자朱子도 의리義理는 무궁한데 세월이 유한한 것으로 인해 마침내 서예書藝·초사楚辭·병법兵法 등과 같은 것을 버리고 오로지 이 학문에만 뜻을 두어 여러 선현의 학설을 집대성하는 데에 이르렀으니, 어찌 후학으로서 마땅히 본받을 바가 아니겠는가?"라고 하였다.

이날 밤 제현들과 함께 심성정心性情의 분변에 대해 강론하였다. 이튿날 선생이 갈천에게 "지난 번 여기에 왔을 때, 삼동三洞의 경치가 빼어나다고 말하는 사람들이 많아 마음에 잊지 못하고 있었소."라고 말하자, 갈천이 "나도 또한 흥취가 적지 않소."라고 답하여 함께 삼동을 유람하였다. 원학동猿鶴洞으로부터 장수동長水洞을 거쳐 옥산동玉山洞에까지 갔다가 -절구 3수가 있다 - 다시 갈천정사葛川精舍에 모였다가 하루를 묵고 돌아왔다.

◎ **한강寒岡 정구鄭逑(1543-1620)[62]가 와서 배웠다.**

-공이 선생을 위해 지은 제문에 대략 다음과 같이 말하였다. "폐백을 받들고 가서 뵈온 때, 지난 병인년 봄이었네. 다행히 선생이 천하게 여겨 버리지 않고, 거두어 제자의 반열에 끼워주셨네. 더구나 가르칠 만하다고 생각하여, 깨우쳐주기를 게을리 하지 않으셨네. 논하고 설명하며 경계하고 꾸짖으면서, 처음부터 끝까지 모두 설파해주셨네. 사물에 빗대어 비유하셨는데, 가르칠수록 더욱 무궁하여 마치 강물이 굴러가듯 바다가 뒤집어지듯

---

62) 한강寒岡 정구鄭逑 : 자는 도가道可, 호는 한강寒岡이며, 본관은 서원西原이다. 덕계·퇴계·남명 등을 사사하였다.

하셨네. 절절하게 사람을 사랑하는 마음과 간절하게 선善을 즐거워하는 정성이, 환히 드러나 빛나고 깨끗하였네."-

◎ 7월에 교지教旨를 내려 불렀으나, 나아가지 않았다.

• 교지에 이르기를, "내가 불민不敏하여 현자를 좋아하는 정성이 부족한 듯하구나. 이전에 특채로 벼슬을 내렸는데, 직책에 나아오려 하지 않으니 내가 참으로 부끄럽다. 날씨가 청량해지를 기다렸다가 역마를 타고 올라오라."라고 하였다.

◎ 8월, 상서원판관尚瑞院判官에 제수하고 교지를 내려 불렀다. 10월 3일, 대궐에 나아가 사은숙배謝恩肅拜하고 사정전思政殿에서 입대入對하였다. 11일에 사임하고 돌아왔다.

• 교지에 이르기를, "근래에 경상도 관찰사慶尚道觀察使 강사상姜士尚이 올린 장계를 통해 늙고 병들어 올라올 수 없다는 것을 알게 되었으니, 내 마음이 허전하노라. 내가 불민하여 현자를 좋아하는 정성이 부족하므로 이와 같이 된 것이니, 또한 부끄러워 할만하다. 올라온다면 마땅히 약제藥劑를 내릴 것이니, 모름지기 늙고 병든 것에 구애되지 말고 형편에 따라 잘 조섭해서 올라오라."라고 하였다.

-그전에 조정에서 경학에 밝고 행실이 깨끗한 선비로서 성운成運, 이항李恒, 임훈林薰, 김범金範, 한수韓修, 남언경南彦經 등 여섯 사람을 대규모로 불렀다. 의논하는 자들이 현재 산림에 있는

현자로서 조식曹植만한 이가 없다고 말하였으므로, 다시 이와 같은 명이 있은 것이다-

이에 선생이 부름에 응하여 자신의 말을 타고 길에 올랐다. 10월 1일 도성에 들어가 3일에 사은숙배하였다. 주상이 사정전으로 불러 만났는데, 나라를 다스리는 방도에 관해 묻자, 대답하기를 "고금에 다스리는 방법은 책에 다 실려 있으므로 신의 말이 필요하지 않습니다. 신이 가만히 생각건대, 임금과 신하 사이는 정분과 의리가 서로 들어맞아 아무런 틈이 없어야만 정치를 할 수가 있습니다. 옛날의 훌륭한 제왕들은 신하 대접하기를 마치 친구 대접하듯 하여 그와 정치의 방법을 강구했으므로 임금과 신하 사이에 의견교환이 활발했습니다."라고 하였다. 또 말하기를, "지금 백성들이 곤궁하여 물이 빠져나가듯 다 흩어졌으니, 집에 불난 것 끄듯 해야 합니다.'라고 하였다.

또 학문하는 방법에 대해서 묻자, 대답하기를 "임금의 학문은 정치를 하는 근본인 바, 그 학문은 마음으로 터득하는 것을 귀하게 여깁니다. 마음으로 터득해야 천하의 이치를 궁구하여 사물의 변화에 대응할 수 있으며, 모든 기틀을 총괄하여 절로 일이 없게 됩니다. 그러한 것의 핵심은 단지 경敬에 있을 따름입니다."라고 하였다.

또 삼고초려三顧草廬에 대해 묻자, 대답하기를 "반드시 영웅을 얻어야만 한漢나라 왕실을 회복할 수 있기 때문에 세 번까지 찾아가게 되었습니다.'라고 하였다.

당시 조정에 가득했던 사대부들이 서봉瑞鳳과 경성景星을 본

듯이 다투어 와서 인사를 드리고 학문에 관해 묻고 의문을 질문했다. 11일에 사임하고 돌아오면서 한강을 건너는데, 전송하는 사람들이 구름같이 모여 배 두 척에 가득찼다.

-그때 덕계 오건과 약포 정탁이 모두 서울에 있었는데, 선생이 올 것이라는 말을 듣고 한강에까지 나와 맞이하였다. 사은숙배할 때에는 두 분이 막사를 마련하고 함께 곁에 뫼셨다.

▪율곡 이이가 말하기를, "명종 말년에 경학에 밝고 행실이 뛰어난 선비를 천거하라는 명이 있었다. 조식과 이항·성운·한수 등이 함께 부름을 받았다. 6품의 벼슬을 내리고 만나서 다스리는 방도에 관해 물었다."라고 하였다.

살펴보건대, 선생이 대곡에게 준 증별시에 '북문北門으로 나와 함께 한강을 건넜다'는 말이 있으니, 선생이 대곡과 더불어 같은 시기에 부름을 받았다가 동시에 사임하고 돌아온 것이 분명하다. 어떤 이들은 "죽산竹山의 도중에서 대곡을 만났다."라고도 하며, "한 분은 올라가고 다른 분은 내려갔다."라고도 말하는데, 아마도 잘못된 것이리라.-

▪선생이 돌아오자 옥계가 편지를 보내 물었다. 선생이 답하기를, "제가 여러 번 은명恩命을 받들었으니 한 번이라도 대궐에 나아가 절하는 것은 예의에 마땅하겠지만, 서울에 머물며 다시 무슨 일을 하겠습니까? 영공은 아침저녁으로 조정에 들어가는데, 만약 성현의 도를 시행하지도 못하면서 오래 머물며 물러나지 않는다면, 또한 구차스럽게 녹만 타먹는다는 비난을 면치 못할 것입니다."라고 하였다.

대곡에게 준 증별시의 둘째 연구聯句에, "굽이진 늪에서 학이 화답하는 것은 일찍이 바라던 바요, 멀리 떨어진 별처럼 천 리 밖으로 헤어질 길에 다다랐네."라고 하였다. -이것은 함께 한강을 건너면서 지은 시이다.-

선생이 벼슬을 사임한 것은 부득이한 까닭이 있었다. 임금과 신하가 서로 뜻이 맞아 여러 현인들이 면려하고 보익하여 함께 올바른 정치를 이루고자 하는 것이 바램이었지만, 결국 처음 먹었던 마음과는 틀려지게 된 것이 있었기 때문이다.

간송澗松 조임도趙任道가 선생이 지은 '일편단심으로 이 세상 소생시키고자 하는데, 누가 밝은 해를 돌려 이내 몸 비춰주는 지?'라는 시구에 발문을 적어 "안타까운 심정으로 세상을 걱정한 뜻이 표현된 말 밖으로 흘러넘치는데, 보배를 품고 세상을 피하여 암혈巖穴에서 생을 마친 것이 어찌 본래의 마음이겠는가? 어떤 이는 벼슬하지 않은 것을 선생의 잘못으로만 여겨 절개를 지켰을 뿐 융통성이 없었다고 지목하니, 또한 괴이하지 않은가?"라고 하였다.

▪ 퇴계가 개암 김우굉에게 답한 편지에, "저와 남명이 같은 시대에 살고 있지만, 아직까지 서로 만나보지 못한 채 늘 사모하는 마음만 간절합니다. 지금 그가 부르심에 응하여 일어났으니, 군자의 때에 맞게 나아가고 물러나는 의리에 합치되는 것을 또 볼 수 있습니다."라고 하였다.

◎ 월담月潭 최황崔滉(1529-1603)[63]이 폐백을 갖고 와서 뵙고 가

르침을 받았다.

四十五年丙寅先生六十六歲

正月　與盧玉溪及諸生　會于智谷寺

・初十日　先生至寺　德溪邀盧公來謁　翌日姜介庵　金東岡　鄭
梅村　都養性　鄭嶧陽　林灆溪　盧徙庵祼　繼至　遠近士子　聞風雲集
講論累日

二月　與龜巖　會斷俗寺

・龜巖以順天府使來　約先生會話于斷俗寺 (時趙大笑軒　與諸
生陪遊　趙公云　李公問議理疑處　先生喫緊論下　李公因語及士族
婦人失行事　先生曰　士子治己不暇　何暇處白人失行)

三月　及林葛川盧玉溪姜介庵　遊安陰之玉山洞

・先生　與河覺齋　趙大笑軒　河寧無成　柳潮溪　李茅村　訪玉溪
于咸陽　玉溪要姜介庵　明日同向安陰　訪葛川　葛川遣其弟瞻慕堂
芸　迎于中路　及至　鄰近諸生　來拜請敎　先生循誘不倦　因進瞻慕
堂　謂曰　子聰明過人　欲無所不通　只如此却不是　夫以堯之智　猶
急先務　君子不以多能率人　吾儒事　自有內外輕重之別　朱先生嘗
以義理無窮　日月有限　遂棄書藝楚辭兵法等　專意此學　以至集諸
儒大成　豈非後學之所當法也　是夜與諸賢　論心性情之辨　翌日

---

63) 월담月潭 최황崔滉 : 자는 언명彥明, 호는 월담月潭이며, 본관은 해주海州이
　　다. 남명의 문하에서 수학하였다.

남명선생편년南冥先生編年

先生謂葛川曰 曾此之來 人多言三洞之勝者 於心不忘也 葛川曰
吾亦興不淺 遂與之同遊 自猿鶴洞 歷長水洞 至玉山洞 (有詩三
絶) 還集葛川精舍留一日而返

鄭寒岡來學 (公祭先生文 略曰 束修之將 粵自丙寅之春 而幸
先生之不鄙棄之 而收而置之弟子之列 又復以爲可敎 而開誨之
不怠 論說警策 叩竭兩端 引物譬諭 愈出無窮 如河轉海倒 而惻
惻愛人之心 懇懇樂善之誠 洞然呈露 光明灑落云云)

七月 有旨召 不就
 ‧有旨曰 予以不敏 似乏好賢之誠 前雖有超授職 而不肯就職
予實愧焉 待凉時 乘馹上來事

八月 除尙瑞院判官 有旨召 十月初三日 詣闕肅拜 入對思政
殿 十一日 辭歸
 ‧有旨曰 頃因慶尙道觀察使姜士尙馳啓 仍知老病不得上來
予心缺然 予以不敏 誠乏好賢 以致如此 亦可愧焉 行當藥劑下
矣 須勿拘於老病 隨便善調上來 (初 朝廷大召經明行修之士成
運李恒林薰金範韓修南彦經六人 議者以爲當今林下之賢 無如
曹某 故又有是命) 於是 先生赴召 以私騎登途 十月初一日 入都
三日 肅謝 上引見思政殿 問爲治之道 對曰 古今治亂 載在方册
不須臣言 臣竊以爲君臣之際 情義相孚 洞燃無間 可與有爲 古
之帝王 遇臣僚若朋友 與之講明治道 所以有吁咈都兪之盛也 又

曰 方今生民 困悴離散 如水之潰流 當汲汲救之 如失火之家 又
問爲學之方 對曰 人主之學 出治之源 而學貴於心得 得於心 可
以窮天下之理 可以應事物之變 而總攬萬機 自無事矣 其要只在
敬而已 又問三顧草廬事 對曰 必得英才 可以圖復漢室 故至於
三顧 時滿朝搢紳 如見瑞鳳景星 爭來拜謁 稟學質疑 十一日 辭
歸 渡漢江 餞者雲集 滿二船 (時 吳德溪鄭藥圃 俱在都下 聞先
生將至 迎拜于漢江 及肅拜時 兩賢設依慕 與之侍側 ·李栗谷
曰 明廟末 命薦經明行修之士 曺某與李恒成運韓修等 同被徵
拜六品官 引見問治道 按 先生贈大谷詩云 出自北門同渡漢 先
生與大谷 同時被徵 同時辭歸 明矣 一云 竹山途上逢大谷 或上
或下之說 恐誤) ·先生旣還 玉溪以書問之 先生答曰 某累承恩
命 禮宜一進拜闕 棲遲都下 更欲何爲耶 明公朝夕入朝 若無行
道之事 而久留不退 亦未免苟祿也 贈大谷詩第二聯云 九臯鶴和
曾心願 千里星分已道窮 (此同渡漢詩) 先生辭官 蓋出於不得已
也 君臣相遇 庶明勵翼 交修致治之願 有負初心矣 趙澗松任道
跋先生詩要把丹心蘇此世誰回白日照吾身之句 曰 其慨然憂世
之志 溢於辭表 懷寶遯世 沒於巖穴 夫豈本心哉 或者以其不仕
爲先生病 目之以一節 不亦異乎 ·退溪答金開巖書曰 滉與南冥
生並一世 而未與之相接 常切慕用之私 今其起應召命 又見其合
於君子隨時出處之義

崔月潭滉 贄謁受學

◎ 67세: 1567년 (명종22, 정묘, 목종穆宗 융경隆慶 원년)
유대수俞大修(1546-1586)⁶⁴⁾가 와서 뵈었다.

▪ 그때 공이 본도本道의 도사都事에 부임하여 문하에 나아와 가르침을 받았다. 일찍이 말하기를, "선생은 삼대三代 시대의 훌륭한 인물과 같다. 도는 크고 덕은 높으며, 세상을 경륜할 뜻을 품고 성리性理의 학을 궁구하였다. 발탁되어 쓰였다면 삼대 시대의 다스림을 이루는 것도 어렵지 않았을 것이다."라고 하였다.

◎ 6월에 명종이 승하昇遐하였다.

◎ 11월에 교서敎書를 내려 특별히 불렀으나, 상소를 올려 사양하였다.

▪ 당시 선조宣祖가 처음으로 즉위卽位하여 교서를 내려 특별히 불렀다. -퇴계 이황과 일재一齋 이항李恒도 동시에 부름을 받았다-

교서에 이르기를, "내를 건너려면 반드시 배가 있어야 하고, 큰 집을 지으려면 동량棟樑에 의지해야 하는 것이다. 예로부터 천하와 국가를 소유한 사람치고 누가 재능이 뛰어난 사람을 등용하지 않고 큰 학자와 덕 있는 사람에게 책임을 지우지 않고서 치도治道를 흥기시킨 사람이 있는가. 그러므로 우리 선왕先王께

---

64) 유대수俞大修 : 자는 사영士永이며, 본관은 기계杞溪이다. 남명과 퇴계의 문하에서 수학하였다.

서는 말년에 백성을 다시 교화하기 위하여 정성을 다해 다스림을 강구했으니, 현인을 좋아하되 정성으로써 하고 선비의 대우는 예의로써 하였다. 모든 관료들에게 명하여 유일遺逸을 찾아내도록 하니 당대의 현인들은 특별한 선지宣旨를 받아 역전驛傳으로 달려와서 포의布衣로 등대登對하였다. 이에 온화한 말씀이 정녕하고 높은 벼슬에 발탁하니, 이는 우리나라 유사 이래 일찍이 없던 성대한 일이었다. 경성景星65)이 다투어 나타나는데 백구白駒는 매어두기 어렵고 총애와 관질官秩이 더해지자마자 임금께서 승하하셨다. 한없는 슬픔은 상중喪中에 간절하고 하늘이 무너지니 슬픔이 극에 달하였다. 보잘것없는 소자小子인 내가 끝없이 큰 운명과 사업을 계승하였으나, 홀로 괴로워하면서 오직 이 중임을 감당할 수 없을까 두려우니, 마치 큰 물을 건너는데 나루터가 없는 듯하여 이른 아침부터 밤늦게까지 전전긍긍하나 구제할 방도를 모르겠다. 이는 실로 국가의 안위가 달린 때이고, 종묘사직의 존망이 관계된 시기이다.

옛날 상商나라의 태갑太甲과 주周나라의 성왕成王은 세상에 드문 어진 임금이었다. 그러나 왕위를 계승한 처음에는 실덕失德이 있음을 면하지 못하다가, 끝내는 곁에서 보좌하는 노력에 힘입어 국가의 터전이 무너지지 않게 되었다. 하물며 나는 어린 사람으로 사저私邸로부터 들어와 위로는 자전慈殿의 은혜로움을 받들고 국권을 총람하나 애초에 보양輔養의 공이 없고 체험한 일이 부족하니, 군덕君德의 밝고 어두움과 정치의 득실과 인물의 사정

---

65) 경성景星 : 현인賢人을 말한다.

남명선생편년南冥先生編年

邪正邪正 및 고금에 있어서의 일의 성패를 어떻게 밝게 보고 분명히 알아서 일마다 자세히 살피기를 티 없이 맑은 거울과 같이 하고 균평한 저울처럼 할 수 있겠는가. 비록 좌우에서 보필하는 신하들이 새벽부터 저녁까지 독실하게 돕지만 짐은 무겁고 길은 먼데 퇴보만 있고 전진은 없으며 과오만 많아지고 허물이 날로 드러난다. 이에 나는 근심하고 두려워하여 나 자신이 죄를 지어 스스로 재앙을 부른 것이 아닌가 걱정이 된다.

어떤 사람이 한 부분의 착한 점이 있고 어떤 선비가 한 치의 장점이 있더라도 그를 불러 함께 조정에서 일을 하기가 소원인데, 하물며 거룩한 덕의德義를 우뚝하게 세우고 부귀를 초개같이 여기며 번거로운 세상을 벗어나 홀로 초야에 묻힌 채 나라를 경륜할 재주를 간직하고 유용한 학문을 닦은 사람이겠는가. 내가 정성을 다하니 꿈속에서도 나타난다. 부디 내가 덕이 없고 우둔하여 큰일을 하기에는 부족하다고 여기지 말고 선뜻 일어나서 나로 하여금 도를 넓히는 방도를 듣게 하고 선善을 취해 쓸 수 있는 길을 더욱 넓히며, 임금을 장악莊嶽에다 두어 제齊나라 말을 배우게 하고 설거주薛居州를 저버림이 없게 하며,[66] 초려草廬에서 일어나 한漢나라의 왕업王業을 도운 제갈공명諸葛孔明을 본

---

66) 임금을 장악莊嶽에다 두어 … 설거주薛居州를 저버림이 없게 하며 : 많은 어진 신하들이 왕의 측근에서 옳은 길로 선도해야 한다는 뜻이다. 장악은 제나라의 땅이름이며, 설거주薛居州는 전국 시대 송宋나라 사람으로 왕을 잘 교화시켰다. 이 내용은 『맹자孟子』「등문공滕文公」에 나오는 말로, 제나라 말을 배울 때에 한 사람의 제나라 사람에게 배우는 것보다 그 나라에 가서 생활하면 저절로 배워지듯이 한 사람의 설거주가 왕을 선도하는 것보다 왕의 측근이 모두 설거주가 되어야 한다고 하였다.

받기를 바란다. 그렇게 한다면 곤궁해도 의리를 잃지 않고 영달해도 도를 떠나지 않는 것이니, 어찌 유독 배웠던 것을 저버림이 없는 것일 뿐이겠는가. 또한 선왕에 대한 지우知遇에 보답하는 점도 있을 것이다. 나라가 어지럽고 나라의 근본이 무너진지라 마음이 아프고 보기에도 참혹하니 내가 장차 누구를 의지하겠는가. 과부가 베짜는 것을 걱정하지 않고 주周나라 왕실을 근심하며,[67] 여인이 채소를 안타까와 하면서 노魯나라를 걱정하였다.[68] 저들 무지한 여인들도 국가에 대한 충성스러운 걱정이 그처럼 절박했었는데, 높은 덕과 훌륭함이 당세에 뛰어난 능력 있는 기국器局으로서 어렵고 위태로운 시기를 당하여 불쌍히 여기지 않고 막연하게 마음에 움직임이 없다면 시사時事를 걱정하고 임금을 사랑하는 의리가 과연 위의 두 여인과 비교해서 어떠하겠는가.

대체로 어려서 배운 것은 장성하여 실천하기 위해서이고, 곤궁할 때 재능을 기르는 것은 영달하여 베풀기 위해서이다. 오직

---

67) 과부가 베짜기를 걱정하지 않고 주周나라 왕실을 근심하며 : 하루하루 살아가는 부녀자까지도 자기의 개인적인 이해를 떠나 대국적 견지에서 국가를 걱정한다는 뜻이다. 주周나라의 한 과부가 베틀에 올라 베를 짜면서 씨날[緯]이 모자랄까는 걱정하지 않고 오히려 주나라의 국운을 염려하였다 한다. 『춘추좌씨전春秋左氏傳』 소공昭公 24년에 보인다.

68) 여인이 채소를 안타까와 하면서 노魯나라를 걱정하였다. : 노魯나라 칠실漆室 여인의 고사이다. 어떤 외국 사람이 자기 집에 와서 묵고 있을 때 그 사람이 타고 온 말이 채소밭을 망쳐버려 그 해 1년 동안 채소를 먹지 못하게 되자, 나라가 혼란하면 부녀자도 그 화를 피하지 못할 것을 생각하면서 나라의 안전을 걱정하였다고 한다. 『열녀전列女傳』에 그 내용이 보인다.

남명선생편년南冥先生編年

그 시기의 가부와 도의 시비를 보고서 벼슬하든지 물러나 은둔하든지 해야 하는 것이니, 사군자士君子의 처신과 입지立志는 이것을 벗어나지 않는다. 만약 한 집안에서 싸움을 하는데 문을 굳게 닫고 모른 체한다면, 이는 새벽에 문이나 열어주고 삼태기나 지고 다니는 자[69]와 같아서 자기 몸 하나는 깨끗이 하지만 윤리倫理를 어지럽히는 자의 짓일 뿐, 때에 따라 변통하고 도에 대처하는 현인에게 기대하는 바는 아니다. 아, 착한 사람은 천지의 근본이고 군자는 국가의 터전이다. 내가 상중에 있으면서 어찌 과장하고 꾸미는 말을 하여 헛되이 고사故事를 따를 뿐이겠는가. 진실로 원하건대, 한번 포륜蒲輪[70]에 몸을 굽혀 대궐에 나와 좋은 말과 곧은 논의로 허물과 잘못을 바로잡고, 드높은 풍모로써 세속의 모범이 되게 하여 나의 부족한 덕으로 하여금 실패를 면하게 하라. 이는 나의 지극한 뜻이니 현인들은 유념하라. 이에 교시敎示하니, 나의 뜻을 잘 알 것으로 믿는다."라고 하였다.

　　-구봉령具鳳齡이 가지고 왔다-

　　선생이 병으로 사임하면서 상소를 올렸는데, 그 대략적인 내

---

69) 새벽에 문이나 열어주고 삼태기나 지고 다니는 자 : 세상의 구제에는 관심이 없고 일신의 지조를 지키기 위해 문지기나 농사꾼이 되어 숨어 사는 사람을 가리킨다. 공자의 제자 자로子路가 석문石門에서 하룻밤을 묵게 되었는데, 문지기가 자로가 공자의 제자임을 알고 공자에 대해 "그분은 안 될 것을 알면서도 굳이 하려고 하는 사람이 아닌가."라고 하였다. 공자가 위衛나라에서 경磬을 연주하고 있을 때, 삼태기를 지고 지나가던 사람이 "소리가 너무 고루하다. 세상에 자기를 알아주는 사람이 없으면 그만둘 일이다."라고 하였다. 그 내용이 『논어論語』 「헌문憲問」에 보인다.
70) 포륜蒲輪 : 현인을 초빙할 때 쓰는 편안한 수레.

용에 "신은 너무 늙고 병도 깊어 감히 명에 달려갈 수 없습니다."라고 하였다. 또 "재상宰相의 직무 가운데 사람을 쓰는 것보다 더 중요한 일은 없습니다. 그런데 지금은 착한 사람과 악한 사람을 따지지 않고, 간사한 사람과 바른 사람을 가리지 않은 채 사람을 쓰고 있습니다."라고 하였다. -당시에 선생을 꺼리는 자가 있어 경연經筵에서 모함을 했기 때문에 선생이 이런 말을 올려 사임한 것이다.-

◎ 12월에 다시 교지를 내려 부름이 있었으나, 사임하는 상소를 올렸다.

• 다시 교지를 내렸는데, 그 내용은 다음과 같다.

"내가 현사賢士를 보고 싶은 마음이 하루하루가 급하지만, 다만 나이 많은 사람이 이처럼 심한 추위 속에 혹 몸을 상하게 될까 염려하여 길에 오르라고 재촉하지 못하는 것이다. 더디거나 빠른 것에 구애되지 말고 날씨가 따뜻해지기를 기다려 천천히 올라오라."

선생이 끝내 병으로 부름에 나아가지 못하고 승정원承政院에 사임하는 장계를 올렸다. 대략적인 내용은 다음과 같다.

"지금 신은 나이가 시제時制[71]에 이르고, 늙고 병든데다 죄까지 중하여 부르시는 명을 좇아 달려갈 수 없었습니다. 성상聖上께서 은택을 베풀어 너그럽게 용서하사 죄를 다스리지는 않으셨지만, 만 번 죽는 것이 마땅하옵기에 처벌을 기다리옵니다. 엎드

---

71) 시제時制 : 70세를 일컫는 말이다.

려서 생각하옵건대, 주상께서 늙은 백성을 부르시는 뜻은 변변치 못한 늙어빠진 몸을 보고자 하심이 아니고, 진실로 한마디의 말이라도 들어서 만에 하나 임금님의 덕화德化에 보탬이 되게 하시려는 뜻일 것입니다. 그러므로 '구급救急'이라는 두 글자로써 나라를 부흥시키는 한마디로 삼아, 신이 몸을 바치는 것에 대신하고자 합니다."

인하여 당시의 일에 관한 10가지 조목을 극진하게 논하였는데, 말이 매우 통절하였다.

◎ 한강 정구가 와서 뵈었다.

• 그때 선생이 산해정山海亭에 머물렀는데, 공이 와서 한 달 남짓 뫼시면서 의문스럽거나 어려운 부분에 대해 질문을 했다. 선생이 정성스럽게 깨우쳐주었는데, 고금의 현우賢愚, 치란治亂의 득실得失, 세도世道의 시변時變, 사정邪正과 시비是非, 출처出處와 어묵語默 등에 대해 거듭 되풀이하면서 자세하게 말씀하였다. 선생이 일찍이 공에게 이르기를, "그대가 출처出處에 관해서는 대략이나마 알게 된 것이 있으니, 내가 마음으로 인정한다. 사군자士君子의 큰 절개는 오직 출처에 있을 따름이다."라고 하였다.

• 선생이 고금의 인물에 대해 두루 논평할 적에, 반드시 먼저 그의 출처를 살핀 연후에 그 행실과 업적의 득실을 논하였다.

• 어떤 사람이 "만약 선생이 세상에 나가 뜻을 행할 수 있다면 큰 사업을 이룰 수 있겠습니까?"라고 묻자, 답하기를 "나는 재능과 덕망이 없으니, 어찌 일을 감당할 수 있겠습니까? 덕망이

있는 연로한 신하를 존중하고 후배를 장려하여 현명하고 재능 있는 인물들을 다수 선발하여 그들이 각자 자기의 능력을 바치 게 된다면 앉아서 그 성공을 관망할 수 있으리니, 내가 이 일은 아마도 할 수 있을 것입니다."라고 하였다.

• 또 어떤 이가 묻기를, "선생을 엄자릉嚴子陵과 비교한다면 어떻겠습니까?"라고 하자, 대답하기를 "싫습니다. 엄자릉의 기개 와 절조를 감히 바랄 수 있겠습니까? 그러나 엄자릉은 나와 추 구하는 도道가 같지 않으니, 나는 이 세상을 저버릴 수 없습니다. 내가 원하는 것은 공자를 배우는 것입니다."라고 하였다.

• 선생은 세상의 군자들 중에서 세상에 나아가 시대에 맞게 쓰이어 좋은 일을 하려고 하다가, 일이 실패하고 자기 몸도 죽임 을 당하며 사림에 화를 끼치는 자들에 대해 늘 안타깝게 여겼다. 그들이 기미를 보는 것이 밝지 못하고 때를 살피는 것이 확실하 지 않아 또 다시 송나라 원풍元豊연간의 대신들[72]과 같은 처지 가 되는 것을 알지 못했기 때문이다.

또 강하고 날카롭게 자신이 맡아 아무렇게나 일을 하여 간혹 서로 당기고 밀면서 승부를 겨룬다면, 애초에 정성스런 마음으 로 나라 일을 도모하는 것이 아니라 단지 사사로운 마음을 따르 는 것일 뿐이라고 안타깝게 여겼다.

---

72) 원풍元豊연간의 대신들 : 원풍은 송나라 신종神宗의 연호이다. 원풍연간 의 대신들은 사마광司馬光·여공저呂公著 등을 말한다. 신종이 승하하자, 정호程顥가 "군실君實(사마광의 자)은 충직하나 같이 더불어 일을 의논하기 가 어렵고, 회숙晦叔(여공저의 자)는 일을 이해하나 능력이 부족하다."라고 평했다. 그 뒤 과연 왕안석王安石 일파에게 모두 밀려났다.

▪선생이 노재 허형과 정수靜修 유인劉因[73])에 대해 논평하기를 "만약 두 분이 오랑캐인 원나라에서 벼슬하지 않았다면 중원의 사대부들이 보고 느낀 바가 있어 송나라를 받드는 마음을 잊지 않았을 것이다. 노재는 이후에 문묘文廟에 종사되었는데 정수는 들어가지 못했으니, 이 점도 알 수가 없다. 오징吳澄이 문묘에 종사된 그릇됨은 더욱 가소롭다고 하겠다. 오징은 송나라 때 과거에 급제한 사람인데, 기꺼이 오랑캐를 섬겨 앞장서서 명교名敎를 범하였다. 그러니 저 간신奸臣과 적자賊子가 어찌 이적夷狄을 섬기는 데에 꺼리는 바가 있었겠는가?"라고 하였다. -이 다섯 조목은 언제 말씀한 것인지 알 수 없어 우선 여기에 붙여둔다.-

◎ 망우당忘憂堂 곽재우郭再祐(1552-1617)[74])가 와서 배웠다.

▪『논어』를 배웠다.

穆宗隆慶元年 丁卯 先生六十七歲
兪大修來謁

▪時 公以本道都事 受敎于門下 嘗曰 先生三代人物也 道大

---

73) 유인劉因 : 이름을 인駰이라고도 한다. 자는 몽길夢吉·몽기夢驥, 호는 정수靜修, 시호는 문정文靖이다. 원나라 때 학자로, 조복趙復에게 정주程朱의 이학理學을 배워 송대 이학을 계승하였으나, 정주의 이학만을 고집하지 않고 육구연의 학문도 수용하였다. 조복에게 동조한 연미견硯彌堅에게 배우기도 하였다. 허형許衡·오징吳澄과 함께 '원대 삼대학자'로 일컬어졌으며, 허형과 더불어 원나라 때 북방의 양대유자兩大儒者로 칭송되었다.
74) 망우당忘憂堂 곽재우郭再祐 : 자는 계수季綏, 호는 망우당忘憂堂이며, 본관은 현풍이다. 남명의 문하에서 수학하였다.

德高 蘊經濟之志 窮性理之學 舉而用之 三代之治 不難致矣

六月 明宗昇遐

十一月 教書特召 上疏辭
・時 宣廟初即位 以教書特召 (退溪一齋 同時被召) 書曰 嗚
乎 濟川必待於舟楫 構廈當資於棟梁 自古有天下國家者 孰有不
登賢俊 不任鴻碩 而能興治道歟 肆惟我先王季年更化 勵精求理
好賢有誠 待士以禮 爰命具僚 搜揚遺逸 賢於是時 特膺宣旨 郵
傳交馳 布衣登對 溫語丁寧 獎掖崇至 蓋自東國以來 所未有之
盛事也 景星爭覩 而白駒難縶 寵秩纔加 而雲翮還騰 淵衷正軫
於側席 慘痛終極於崩天 眇眇予末小子 嗣無疆大曆服 嬛嬛在疚
惟不克負荷是懼 若涉大水 其無津涯 夙夜兢惕 罔知攸濟 此誠
國家安危之會 宗社存亡之秋也 昔商之太甲 周之成王 間世之賢
君也 然猶嗣服之初 未免有失德 終賴匡救之力 基業得不墜 矧
予沖人 入自私邸 仰戴慈恩 摠攬權綱 表無輔養之功 顧闕體驗
之實 其於君德明暗 政治得失 人物邪正 古今成敗 豈能灼見炯
知 隨事精察 如鑑之空 如衡之平也 雖左右輔弼之臣 晨夕篤棐
任重道遠 有退無進 紕繆滋多 過咎日彰 茲予憂慄 恐速戾于躬
自取禍殃 人有片善 事有寸長 思欲咸共理于朝 況聞高義 樹立
卓異 輕千駟 脫世紛 而獨往 蘊經世之材 而深有用之學哉 肆予
竭誠 形諸夢寐 幸毋以寡昧 爲不足與有爲 而幡然一起 使予獲
聞弘道之方 益廣取善之路 置莊嶽而學齊語 無負居州 起草廬而

贊漢業 庶效孔明 則窮不失義 達不離道 豈獨無負於所學 抑亦
有以報知遇於先王也 喪亂蔑資 邦本殄瘁 殞心慘目. 予將疇依
萎不恤緯而悲周室 女惜園葵而憂魯國 彼無知女子 其於國家 忠
憫迫切 至於此極 以高賢超世幹時之器 當艱危之際 尙不爲哀憐
邈然無動於心 憂時愛君之義 果與二女子 何如 大抵幼學 欲以
壯行 窮養 所以達施 惟其時可否 道是非 而出處顯晦 士君子行
己立志 不越於此矣 若同室有鬪 而尙堅閉門之守 是特晨門荷簣
潔身亂倫者之爲耳 非所望於權時處道之賢者也 嗚乎 善人 天地
之紀 君子 國家之基也 予處欒棘之中 豈爲彌文粉飾之擧 虛應
故事而已歟 誠願試屈蒲輪 許登龍閣 嘉言讜議 旣以繩愆而糾繆
高風峻槩 亦以範世而師俗 俾予凉德 得免於顚躋之途 寔所至懷
賢其念哉 故玆敎示 想宜知悉 (具鳳齡行)

先生以疾辭 其略曰 臣老甚病深 不敢趨命云云 且宰相之職
莫大於用人 今乃不論善惡 不分邪正云云 (時有忌先生者 於筵
中誣啓 故先生以是辭焉)

十二月 又有旨召 上辭狀
·又有旨云 予欲見賢士之心 一日急於一日 但年高之人 如此
隆寒 或慮傷寒 不克就道爾 其勿拘遲速 待時日溫和 從容上來
先生竟病不能赴召 狀辭承政院 略曰 今臣年及時制 老病罪重
奔命不得 萬死待罪 伏念 主上徵召老民之意 非欲見微末殘敗
之身 固欲聞一言 以補聖化之萬 請以救急二字 獻爲興邦一言
以代微臣之獻身 因極論時事十數條 言甚痛切

鄭寒岡來謁

•時 先生在山海亭 公來侍月餘 質問疑難 先生誨之不倦 至
於古今賢愚 治亂得失 世道時變 邪正是非 出處語默 反復丁寧
嘗謂公曰 汝於出處 粗有見處 吾心許也 士君子大節 惟在出處
而已 •先生泛論古今人物 必先觀其出處 然後論其行事得失 •
或問 使先生得行於世 做得大事業否 曰 吾未嘗有才德 豈得當
了事 若尊舊德獎後輩 推拔多少賢才 使之各效其能 坐觀其成功
吾或庶幾焉 •又有問曰 先生 孰與嚴子陵 曰 惡 子陵氣節 其可
跂與 然子陵與吾 不同道 余未忘斯世者也 所願 學孔子也 •先
生每惜世之君子 出爲時用 要做好事 事敗身僇 貽禍士林者 正
坐見幾不明 相時不審 又不知與元豐大臣同之義也 又有强銳自
任 胡亂作爲 或相前却 因較勝負 初非赤心謀國 只是循私意而
已 •先生嘗論許魯齋劉靜修曰 使二公不仕於胡元 則中原士大
夫 有所觀感 而不忘戴宋之心也 魯齋後來得厠從祀之列 而靜修
不與 是不可曉 若吳澄從祀之謬 尤爲可笑 澄以宋朝擧子 甘事
胡虜 首犯名教 彼奸臣賊子 何所憚於事夷狄乎 (此五條不知何
時說姑附于此)

郭忘憂堂再祐來學

•受論語

◎ 68세: 1568년 (선조1, 무진, 목종穆宗 융경隆慶 2)

　5월에 교지를 내려 부름이 있었으나, 상소를 올려 사임하였다.

▪ 상소의 내용은 대략 다음과 같다.

"백성을 잘 다스리는 도는 다른 데서 구할 것이 아니라, 요점은 임금이 선을 밝히고 몸을 정성되게 하는 데에 있을 뿐입니다. 이른바 선을 밝힌다는 것은 이치를 궁구함을 이름이요, 몸을 정성되게 한다는 것은 몸을 닦는 것을 말합니다. 천성 안에는 모든 이치가 다 갖추어 있으니, 인仁·의義·예禮·지智가 그 본체이고, 모든 선이 다 이로부터 나옵니다. 마음은 이치가 모이는 주체이고, 몸은 이 마음을 담는 그릇입니다. 그 이치를 궁구하는 바탕이 되는 것은 글을 읽으면서 의리를 강명講明하고, 일을 처리할 적에 그 옳고 그름을 찾는 것입니다. 몸을 닦는 요체가 되는 것은 예가 아니면 보지도 듣지도 말하지도 움직이지도 않는 것입니다.

가슴 속에 마음을 보존해서 혼자 있을 때를 삼가는 것이 큰 덕이고, 밖으로 살펴서 그 행동에 힘쓰는 것이 왕도王道입니다. 그 이치를 궁구하고 몸을 닦으며, 가슴 속에 본심을 보존하고 밖으로 자신의 행동을 살피는 가장 큰 공부는 곧 반드시 경敬을 위주로 해야 합니다. 이른바 경이란 것은 정제하고 엄숙히 하여, 항상 마음을 깨우쳐서 어둡지 않게 하는 것입니다. 한 마음의 주인이 되어 만사에 응하는 것은 안은 곧게 밖은 방정하게 하는 것입니다. 공자께서 이른바 '경敬으로써 몸을 닦는다'라는 것이 이것입니다. 그러므로 경을 주로 하지 않으면 이 마음을 보존할 수 없고, 마음을 보존하지 못하면 천하 이치를 궁구할 수 없으며, 이치를 궁구하지 못하면 사물의 변화를 다스릴 수가 없습

남명선생편년의례 南冥先生編年義例

니다.

전하께서 과연 경으로 몸을 닦으면서, 하늘의 덕에 통하고 왕도를 행하셔서, 지극한 선에 이른 뒤에 그곳에 머무신다면, 선을 밝히는 일과 몸을 정성스럽게 하는 일이 함께 진전이 있어, 자신을 닦고 남을 다스리는 일이 아울러 극진해질 것입니다. 이것을 정치 교화에 베푸는 것은 바람이 일어나자 구름이 몰려가는 것과 같으니, 아래 백성이 본받는 것은 반드시 이보다 더한 바가 있을 것입니다.

지금 시대로 말하자면, 왕의 신령스러움이 시행되지 않고, 정치는 사사로운 은혜를 베푸는 일이 많습니다. 명령이 나오면 오직 거꾸로 행하여 기강이 서지 않은 지가 여러 대나 되었습니다. 헤아릴 수 없는 전하의 위엄을 떨치지 않으면 죽처럼 온통 흩어져버린 형세를 모을 수 없으며, 큰 장마비로 적셔주지 않으면 7년 가뭄에 시든 풀을 살릴 수 없을 것이니, 반드시 세상의 운세를 걸머질 뛰어난 보좌를 얻어서 윗사람과 아랫사람이 함께 협조하고 공경하여, 한 배를 탄 사람과 같이 한 다음이라야, 무너지고 타들어가고 목마른 듯한 형세를 조금이나마 바로잡을 수 있을 것입니다.

그러나 사람을 등용하는 것은 솜씨로 하는 것이 아니고, 반드시 몸으로써 해야 합니다. 몸이 닦이지 않으면 자기 마음 속의 저울과 거울이 없으므로, 선악을 분별하지 못하여 사람을 쓰고 버리는 데 실수를 하게 됩니다. 또 옳은 인물이 쓰이지 않으면 누구와 함께 다스리는 도를 이룩하겠습니까? 옛날에 남의 나라

남명선생편년南冥先生編年

염탐을 잘하던 사람은 그 나라 국세의 강약을 보지 않고, 사람을 얼마나 잘 쓰고 못 쓰는가를 보았습니다. 이를 보면 천하의 일이 비록 극도로 어지럽고 극도로 잘 다스려지더라도 모두 사람이 만드는 것이지, 다른 데에서 말미암는 것이 아님을 알 수 있습니다. 그러므로 자기 몸을 닦는 것이 다스림을 펴는 근본이며, 어진 이를 쓰는 것이 다스림의 근본입니다. 그리고 몸을 닦는 것은 또 사람을 쓰는 근본이 되기도 합니다. 성현의 천 마디 만 마디 말이 어찌 '자신을 닦고 사람을 쓰는 것' 외에 벗어난 것이 있었습니까? 옳은 인재를 쓰지 않으면 군자는 초야에 있고 소인이 나라를 마음대로 하게 됩니다.

예로부터 권신으로서 나라를 마음대로 했던 일이 있기도 하였고, 외척으로서 나라를 마음대로 했던 일이 있기도 하였으며, 부녀자와 환관으로서 나라를 마음대로 했던 일이 있기도 했습니다. 그러나 지금처럼 서리胥吏가 나라일을 마음대로 했던 일이 있었다는 것은 듣지 못했습니다.

군민軍民에 대한 모든 정사와 국가의 기밀이 모두 서리의 손에서 나오므로, 포목과 곡식을 관청에 바치는 데에도 뒷길로 웃돈을 바치지 않으면 되지 아니합니다. 안으로 재물이 모이면 백성은 밖으로 흩어져, 열 명 가운데 한 명도 남아 있지 않을 것입니다. 심지어는 각자 자신이 맡고 있는 고을을 자기 물건처럼 생각하여, 문서를 만들어서 교활하게 자기의 자손 대대로 전합니다. 지방에서 바치는 것을 일체 가로막고 물리쳐서 한 물건도 상납할 수 없습니다. 그러므로 공물을 가지고 바치러 갔던 자가 온

가족의 가산을 다 팔아서 바쳐도 그것이 관청으로 들어가지 않고 아전 개인에게로 돌아갑니다. 백 곱절이 아니면 받지를 않습니다. 그래서 해마다 바치는 공물을 계속해 바치지 못하고, 도주하는 사람들이 잇달아 생깁니다. 건국 이래로 여러 임금들의 고을과 백성이 바치는 것이 문득 생쥐 같은 놈들이 나누어가질 줄 어찌 생각이나 했겠습니까? 전하께서 누리시는 한 나라의 독차지하는 부富가 도리어 이 서리들의 방납防納한 물품에 의뢰하고 계실 줄 어찌 생각이나 했습니까? 비록 망해가는 나라에서도 일찍이 이런 일은 없었습니다.

지금 사람들이 모여 사는 곳에 좀도둑이라도 있으면 장수에게 명해 죽이고 사로잡도록 해서, 하루도 기다리지 못합니다. 그런데 서리가 도둑이 되고 온갖 관리가 한 무리가 되어 심장부를 차지하고 앉아 국맥國脈을 모두 결단내니, 그 죄가 신에게 제사 지내던 희생을 훔쳐내는 것 정도에 그치는 것이 아닌데도 법관이 감히 묻지도 못하고 사구司寇도 감히 따지지 못합니다. 혹 한낱 사원司員이 조금 규찰코자 하면 견책과 파면이 그들의 손아귀에 있습니다. 여러 벼슬아치들은 속수무책으로 제사상에 남은 희생만을 먹으면서 '예예' 하며 물러납니다. 이들이 믿는 바가 없으면서 어떻게 이처럼 거리낌없이 방자하게 날뛸 수 있겠습니까? 각자 교활한 토끼가 세 개의 굴을 파놓은 것과 같고, 냇가의 조개처럼 딱딱한 껍질로 방패막이를 하고 있습니다.

전하께서 크게 성을 내시어 하늘의 기강을 한 번 떨치시고, 재상과 얼굴을 맞대고서 그 원인을 추궁해야 할 것입니다. 그리하

남명선생편년南冥先生編年

여 임금께서 결단하시기를 순임금이 사흉四凶을 제거한 것과 공자가 소정묘少正卯를 벤 것과 같이 하시면, 악을 미워하는 법을 지극히 다할 수 있을 것이고, 백성들이 마음 속으로 크게 두려워하도록 할 수 있을 것입니다. 만약 언관言官이 논박하여 마지않은 뒤에야 힘써서 억지로 따라간다면, 선악의 소재와 시비의 분별을 알지 못해서 임금의 도리를 잃게 될 것입니다. 어찌 임금이 그 도리를 잃고서 사람을 다스릴 수 있겠습니까? 그런 까닭에 나의 밝은 덕이 이미 밝으면, 마음이 거울과 같이 밝아져, 비치지 않는 것이 없는 것과 같습니다. 덕과 위엄이 베풀어지면 초목도 모두 쏠리는데, 하물며 사람이겠습니까?

지금 조정에 있는 자 중에 누가 세상을 안정시킬 보필이 아니겠습니까? 현명한 사람 가운데 어리석지 않은 사람이 없어 걱정스러운 세상을 즐거운 듯 살아갑니다. 이것이 어찌 사람이 일을 도모하기를 열심히 하지 않기 때문이겠습니까? 아니면 하늘이 명한 바가 있는데, 사람이 능히 하늘의 명을 감당해내지 못해서 그런 것입니까? 신이 홀로 깊은 산중에 살면서 민정을 굽어 살피고 우러러 하늘을 보며, 탄식하고 울먹이다가 눈물을 흘린 적이 자주 있습니다."

-살펴보건대, 우암尤庵 송시열宋時烈이 거두어들이는 포布의 승수升數와 척수尺數를 한결같이 당초의 기준에 의거해야 한다는 것을 건의하는 차자에서 다음과 같이 말하였다.

"고故 문성공文成公 신臣 이이李珥가 일찍이 선정신先正臣 조식曺植의 말을 외워서, 선조 대왕에게 고하기를 '우리나라는 서리

胥吏에게 망한다.'라고 했으니, 당시에 서리의 작폐가 이미 극심했기 때문에 여러 선현들이 잇따라 논한 것이 이와 같았던 것입니다."-

교지를 내려 답하기를, "전일에 올린 상소는 내가 항상 좌우座右에 두고 있노라. 스스로 살피고 반성할 때에 이 격언을 보고 있으니, 그대의 재주와 덕이 높다는 것을 더욱 알겠도다. 내가 비록 불민하나 응당 유념할 것이다."라고 하였다.

◎ 7월에 부인 조씨曺氏가 죽었다.

◎ 부사浮査 성여신成汝信(1546-1632)[75]이 와서 뵈었다.

▪ 공은 선생에게 『상서尙書』를 배운 적이 있었는데, 이 해 겨울에 단속사斷俗寺에서 글을 읽다가 와서 뵙고 의문나는 점을 질문하였다.

二年 宣祖大王元年戊辰 先生六十八歲
五月 有旨召 上疏辭
▪ 疏略曰 爲治之道 不在他求 要在人主明善誠身而已 所謂明善者 窮理之謂也 誠身者 修身之謂也 性分之內 萬理備具 仁義

---

75) 부사浮査 성여신成汝信 : 자는 공실公實, 호는 부사浮査이며, 본관은 창녕이다. 남명과 구암 이정의 문하에서 수학하였다.

禮智 乃其體也 萬善皆從此出 心者 是理所會之主也 身者 是心
所盛之器也 窮其理 將以致用也 修其身 將以行道也 其所以爲
窮理之地 則讀書講明義理 應事求其當否 其所以爲修身之要 則
非禮勿視聽言動 存心於內而謹其獨者 天德也 省察於外而力其
行者 王道也 其所以爲功 則必以敬爲主 所謂敬者 整齊嚴肅 惺
惺不昧 主一心而宰萬事 孔子所謂修己以敬者 是也 故非主敬
無以存此心 非存心 無以窮天下之理 非窮理 無以制事物之變
殿下果能修己以敬 達天德行王道 必至於至善而後止 則明誠并
臻 物我兼盡 施之於政教者 如風動而雲驅 何必有甚焉者矣 由
今言之 王靈不擧 政多恩貸 令出惟反 紀綱不立者 數世矣 非振
之以不測之威 無以聚百散糜粥之勢 非潤之以大霖之雨 無以澤
七年枯旱之草 必得命世之佐 上下同寅協恭 如同舟之人 然後稍
可以濟頹靡燋渴之勢矣 取人者 必以身 身不修 則無在己之衡鑑
不知善惡 而用舍皆失之 人且不爲我用 誰與共成治道哉 然則修
身者 出治之本 用賢者 爲治之本 而修身又爲取人之本也 用非
其人 則君子在野 小人專國矣 自古權臣專國者 或有之 戚里專
國者 或有之 婦寺專國者 或有之 未聞有胥吏專國 如今之時者
也 軍民庶政 邦國機務 皆由其手 方土貢獻 絲粟以上 非回俸 不
行 至於各分州縣 以成文券 許傳其子孫 齋持上貢者 合其九族
轉賣家業 無以繼之 逋亡相屬 豈意殿下享大有之富 而反資於僕
隷防納之物乎 雖亡國之世 亦未聞有此也 今人相聚草竊 則命將
誅捕 不俟終日 小吏爲盜賊 盡國脈 而言官 莫取問 司寇莫之詰
或有一介司員 稍欲糾察 則譴罷在其掌握 斯豈無所恃 而跳梁橫

恣 若是其無忌耶 各存狡兎之三窟 且備川蚌之介甲 殿下赫然斯
怒 一振乾綱 面稽宰執 以究其故 斷自宸衷 如大舜之去四凶 孔
子之誅少正卯 則能盡惡惡之極 而大畏民志矣 若言官論執不已
迫於不得已而後 黽勉苟從 則不知善惡之所在 是非之所分 失其
爲君之道矣 我之明德旣明 則如鑑在此 物無不照 德威所加 草
木皆靡 況於人乎 布列王國者 非無命世之佐 夙夜之賢 而靡哲
不愚 以樂居憂 斯豈人謀之不就耶 抑有天之所命 不能勝天而然
耶 臣 索居深山 俯察仰觀 噓唏掩抑 繼之以淚者 數矣云云 (按
宋尤庵請收布升尺一依當初事目 箚曰 故文成公臣李珥 嘗誦先
正臣曹某之言 而告於宣廟曰 我國亡於吏胥云云 蓋當時吏胥之
弊已極 故諸賢之相繼論列如此) 有旨 答曰 頃日所志 予常置諸
座右 觀省之際 觀此格言 益知才德之高矣 予雖不敏 亦當留念

七月 夫人曹氏卒

成浮査汝信來謁

▪ 公嘗受尙書于先生 是年冬 讀書于斷俗寺 來謁質疑

◎ 69세: 1569년 (선조2, 기사, 목종穆宗 융경隆慶 3)
종친부전첨宗親府典籤에 제수되었으나, 병으로 사임하고 나
아가지 않았다.

◎ 책문策文의 형식을 빌려 제목을 내어 제생에게 물었다. -어느

해인지 몰라 우선 여기에 붙여둔다. -

▪ 그 대략은 다음과 같다.

"지금 고명한 덕을 지닌 임금이 보위에 있어 나라를 잘 다스
리고 있는데도 섬 오랑캐가 난리를 일으키고 있다. 품어안아 기
르는 은혜를 베풀어주는데도 그들이 함부로 날뛰면서 일으키는
화란은 비할 바가 없을 정도이다. 아무런 까닭 없이 남의 나라
장수를 죽이고 나쁜 마음을 품고서 우리 임금의 위엄을 모독하
였다. 제포薺浦[76]를 자신들에게 돌려달라고 요구하는 것은 그것
이 안 되는 일인 줄을 알면서도 우리 조정의 의사를 낱낱이 시험
하려는 것이고, 대장경大藏經을 30부 인출해가기를 요청하는 것
은 이를 반드시 얻고자 함이 아니라 우리나라를 한번 우롱해보
자는 것이다. 손뼉을 치면서 뺨을 튀기거나 지팡이를 잡고서 눈
을 부라리면서 말하기를 '반드시 네 모가지를 뽑아버리겠다'고
하면 비록 삼척 동자라도 그것이 단순히 공갈하는 것인 줄을 알
게 된다.

그런데 당당한 우리 조정에서 현명한 재상과 훌륭한 장수가
부지런히 대책을 마련해야 함에도 불구하고 도리어 저들의 허세
에 무서워 벌벌 떨면서 어찌 대처할 바를 모르고서 '상중喪中이
어서 정사를 논의하지 못한다'라고 거짓 핑계만 대고 있는가? 비
록 그 옛날 한기韓琦가 반적叛賊 조원호趙元昊가 보낸 사신의 목

76) 제포薺浦 : 경상남도 웅천熊川에 있던 포구로 '내이포乃而浦'라고도 불리
    는데, 이 곳은 조선초기 세종 때에 동래현東萊縣 관내의 부산포釜山浦와
    울산蔚山의 염포鹽浦와 함께 일본과의 교역이 이루어지는 왜관倭館이 설
    치되었던 이른바 '삼포三浦'의 하나로 개항되었다.

을 도성 문밖에서 베기를 청하던 것77)과 같은 일을 하지는 못하더라도, 어찌 세상을 어지럽히는 도적에게 다시금 예물을 주라는 명을 내리는 것이 옳을 법한 일이겠는가?

임금의 앞에서 조정이 취할 방책을 한창 논의하고 있는데 이미 그 방책이 새나가서 왜인들의 귀에 들어가는 형편이다. 나라 안으로 한낱 남의 심부름이나 하는 역관이나 내시 같은 무리의 비행도 다스리지 못하면서, 어찌 나라 밖으로 온갖 교활한 짓을 행하는 흉악 무도한 무리를 제압할 수 있겠는가?

그러나 임금이 벌컥 성을 내어서 위엄을 조금 더하려 하면, '괜스레 변경의 오랑캐를 자극해서 말썽을 일으킨다'라 하고, 뇌물을 받은 역사譯史 한 놈을 목 베어서 나라의 기밀을 누설하는 일을 엄히 단속하려 하면 '겸손한 말로 온순하게 대하는 것이 낫다'라고 한다. 사정이 이와 같으니 과연 적을 제압할 말이 없는 것이고 또한 적의 침략을 막아낼 계책이 없다는 것인가?"

당시에 왜적이 이미 크게 방자할 조짐이 있었기에, 선생이 이러한 제목으로써 여러 문생에게 시험으로 물어보아 충의忠義를 격려하고 대책을 강구하게 했던 것이다. 그 후에 임진왜란이 일어나자 문하의 제현 가운데 의병을 일으킨 이들이 많아 중흥中興의 기반이 되었다.

---

77) 한기가 … 청하던 것 : 송나라의 한기가 장작감승將作監丞이 되었을 때, 조원호가 조정에 대해 반란을 일으키고서는 사신을 보내왔는데, 한기는 그 사신을 목 베어야 한다는 상소를 올렸다. 이어 한기는 섬서경략안무초토사陝西經略按撫招討使의 직책에 임명되어 조원호의 반란을 진압하였다.

三年己巳　先生六十九歲

授宗親府典籤　辭疾　不就

擬作策題　問諸生 (未知何年　姑附于此)

· 其略曰　方今聖明在上　治具畢張　而島夷爲亂　跳梁無比　無
故而殺元師　懷詐而干主威　請還薺浦者　知其不可　而嘗試朝意也
請要三十印去者　非欲必得　而愚弄國家也　鼓掌彈頰　撫杖而瞋目
曰　必拔爾之項　雖三尺童子　猶知其虛張恐動也　堂堂大朝　賢相
良將　旰食籌畫　而惴惴焉莫知所對　假以喪不議政　噫　雖無韓琦
斬元昊使於都門之請　豈宜玉帛之命　旋加於蕞爾小醜耶　廟筭方
密於龍床　漏說已屬於蠻耳　內不禁一介豎走　外能制百狹凶逆乎
王赫斯怒　稍加威靈　則曰　莫若卑辭順對　斬一譯史以屬機事　則
曰　挑邊生事　若是則果無對之之辭　亦無禦之之策云云

　時　島夷已有大肆之漸　先生以此題試問諸生　使之激厲忠義　講
究籌畫　其後壬辰之亂　門下諸賢　多倡起義旅　爲中興基業

◎ 70세: 1570년 (선조3, 경오, 목종穆宗 융경隆慶 4)
　두 번의 소명召命을 모두 사양하였다.

· 살펴보건대, 조계 류종지의 제문에 '일곱 번 봉사封事를 올
렸다'는 말이 있는데, 문집에는 단지 네 통만 남아 있다. 아마도
이 해에 두 번 부를 때에도 사양하는 상소가 있었지만, 모두 유
실되어 전하지 않는 듯하다.

四年 庚午 先生七十歲

再召 皆辭

• 按 柳潮溪祭文 有七上疏封之語 而文集中 只存四本 疑是
年再召時 亦有辭疏 皆逸而不傳

◎ 71세: 1571년 (선조4, 신미, 목종穆宗 융경隆慶 5)
　정월에 퇴계 이황의 부음을 들었다.

• 지난 해 12월에 이 선생이 별세하였는데, 이때에 선생이 부
음을 듣고 몹시 슬퍼하면서 "이 사람이 죽었다고 하니, 나 또한
세상에 오래있지 못하겠구나."라 하였다. 그리고 『사상례절요士
喪禮節要』한 책을 써서 문인 하응도河應圖·손천우孫天祐·유종지柳
宗智 등에게 주면서 말씀하기를, "내가 죽거든 이대로 상례를 치
루어라."라고 하였다.

• 선생이 일찍이 말씀하기를, "경호景浩(이황의 자)는 임금을 보
좌할 만한 학문이 있다."라고 하였다. 또 말씀하기를, "근래에 벼
슬에 나아간 이들 가운데 출처의 절조에 관해 훌륭하다는 말이
들리는 사람이 없었는데, 오직 퇴계만은 거의 고인古人에 가깝구
나."라고 하였다.

◎ 4월에 임금이 본도의 감사에게 특별히 명하여 음식을 내려
　주었으므로, 상소를 올려 은혜에 감사하였다.

• 상소의 내용은 대략 다음과 같다.

"성상께서는 구중궁궐에 계시고 백성이 사는 초야는 천 리나 멀건만, 불쌍히 여기는 은택이 먼 곳까지 이르지 않음이 없어서 먼저 늙은 백성인 신에게 미쳤으니, 신은 비록 결초보은結草報恩하고자 해도 보답하기 어렵습니다. 지난 해에 신이 두 번이나 거친 글을 올렸지만, 전하께서 바삐 은혜와 위엄을 내리셔서 기강을 세웠다는 말은 듣지 못했습니다. 위엄을 내리고 복을 주는 권한이 전하에게 있는데도 친히 장악하지 못하시고 오히려 신하가 강하다는 교서敎書를 내리시어, 신하들로 하여금 전하께 과감하게 말씀드리지 못하도록 했습니다. 그리하여 여러 신하들이 해이해져 어정쩡하게 지내므로, 나라가 마침내 기강을 잃어 지금에 이르렀습니다. 늙은 저는 한갓 우로雨露와 같은 은택을 입는 것에 감사드릴 뿐이요, 전하의 성스러운 덕이 부족함을 보필할 길이 없습니다."

　왕이 비답을 내리기를, "올린 상소문을 살펴보니, 그대가 나라를 걱정하는 정성을 볼 수 있노라. 초야에 있으면서도 조금도 잊지 않으니, 매우 가상하다. 하사한 물품은 보잘것 없는 것이니, 사례할 것이 무엇 있겠느냐?"라고 하였다.

◎ 한훤당寒暄堂 김굉필金宏弼 선생의 화병畵屏에 발문을 지었다.

◎ 12월에 병을 얻었다.

　▪ 이달 20일로부터 병환이 있어 위독했다.

五年　辛未　先生七十一歲

正月　聞退溪訃

　▪去年十二月　李先生卒　至是　先生聞訃傷悼曰　斯人云亡　吾亦不久於世　錄士喪禮節要一冊　以援門人河應圖孫天祐柳宗智等曰　吾沒　以此治喪也　▪先生嘗言　景浩有佐王之學　又言　近日仕進者　於出處之節　蔑乎無聞　惟退溪　庶幾於古人

四月　上特命本道監司　賜食物　上疏　陳謝

　▪疏略曰　天日隔於九重　草澤遙於千里　如傷之恩　無遠不屆先及於老民　臣雖欲結草而難報　往年　臣嘗再陳荒疏　未聞殿下亟下恩威　以立紀綱　威福在己　而不自摠攬　尙下臣强之敎　使不得敢言　群下解體　泛泛悠悠　邦本遂喪　越至于今　老臣徒謝雨露之恩　而無以補天之漏云云　批曰　省疏　可見其憂國之誠　雖在畎畝未嘗小忘也　甚用嘉焉　若其所賜微物　何謝之有

　記寒暄堂金先生畫屏

十二月　遘疾

　▪自是月二十一日　有疾彌留

◎ 72세: 1572년 (선조5, 임신, 목종穆宗 융경隆慶 6)
　정월에 옥계 노진, 동강 김우옹, 한강 정구, 각재 하항 등이
　찾아와 문병하였다.

▪ 이달 15일에 선생의 병세가 매우 심했다. 머리를 동쪽으로 두어서 생기生氣를 받도록 동강이 청하자, 선생이 말씀하기를 "머리를 동쪽으로 둔다고 어찌 생기를 받겠는가?"라고 했다. 두 세 번 청하니, 선생이 말씀하기를 "군자가 예법으로써 사람을 사랑하는구나."라고 하시고는 머리를 동쪽으로 돌렸다.

또 묻기를 "만약 피할 수 없어 돌아가시게 된다면, 무슨 호칭으로 선생님을 일컬으면 되겠습니까?"라고 하자, "처사處士로 쓰는 것이 옳다."라고 하였다.

이날 약과 미음을 올리지 말라고 명하였다. 문인이 나아가 말하기를, "약을 올리지 않는 것은 이미 말씀을 들었습니다. 그러나 미음마저도 드시지 않는 것은 자연스런 도리가 아닌 듯합니다."라고 하자, 선생이 조금 들었다. 하룻밤이 지나자 병이 조금 나아져 제생들과 인사를 나누고 돌려보냈다.

◎ 2월에 죽각 이광우, 영무성 하응도, 무송撫松 손천우孫天佑 (1533-1594),[78] 조계 류종지, 모촌 이정, 도구 이제신, 남계 임희무, 설봉雪峰 박찬朴澯(1538-1581)[79] 등이 찾아와 문병하였다.

◎ 8일, 정침正寢에서 고종考終하였다.

---

78) 무송撫松 손천우孫天佑 : 자는 군필君弼, 호는 무송撫松이며, 본관은 밀양이다.

79) 설봉雪峰 박찬朴澯 : 자는 경청景淸, 호는 설봉雪峰이며, 본관은 밀양이다. 남명의 문하에서 수학하였다.

▪ 6일부터 병세가 매우 심해져 하응도·손천우·류종지 등을 불러 상례를 치르는 절차를 분부하였다. 8일, 안팎으로 안정시키고 부인들은 가까이 오지 않도록 경계한 후, 침석枕席을 바르게 하고서 조용히 고종考終하였다.

▪ 지난 해 겨울, 두류산頭流山의 나무에 상고대가 끼는 이변이 있었고, 산천재의 뒷산이 무너졌었다. 명나라의 별을 보고 점을 치는 사람이 우리나라의 사신에게 말하기를, "당신 나라의 고명한 사람이 요사이 좋지 않게 되겠오."라고 했는데, 이때에 이르러 선생이 별세하였다.

돌아가신 날에, 큰 바람이 불고 폭설이 내리며 천지가 깜깜해졌다. 정월에 경상도에서 선생이 병이 들었다는 사실을 조정에 아뢰었는데, 임금이 내시內侍를 보내어 문병하였다. 그 내시가 아직 이르지도 않아서 숨을 거두었다.

선생의 병세가 매우 심할 적에, 제생들이 나아가 "선생님께서 저희들을 가르쳐주시기를 청합니다."라고 하자, 선생이 말씀하시길 "무릇 모든 의리義理는 자네들이 평소에 강구하던 바이다. 다만 독실하게 믿는 것이 귀하다."라고 하였다. 또 말씀하기를 "경의敬義 두 글자는 매우 절실하고 중요하다. 학자는 공부가 푹 익도록 해야 한다. 공부가 푹 익으면 가슴 속에 아무 것도 없게 된다. 나는 그런 경지에 이르러 보지 못하고 죽는구나."라고 하였다. 동강이 말하기를, "선생은 옛사람이 경敬에 관해 논한 중요한 말들을 자세하게 적어두고서 항상 눈으로 보고 마음으로 생각하였다. 병세가 매우 위독한 때에 이르러서도 적어둔 말들을 외웠으며, 정신이 어지럽지 않았다. 배우는 사람들과 말할 적에도 자신을 행하는 큰 방법과 출처의 큰 절개를 정성스럽게 말씀하였다."라고 하였다.

설봉이 말하기를, "내가 곁에서 뫼시며 촛불을 지키는 반열에 있을 때 선생님을 우러러보니, 정신이 매우 쇠약할 적에도 마음을 붙잡고 자신을 성찰하는 공부를 한순간이라도 놓친 적이 없으셨다. 선생님께서 보존하고 기른 바를 더욱 알 수 있었다."라고 하였다.

▪ 선생은 사림士林이 무참히 죽임을 당하고 도학道學이 꺼려지는 시기를 당하여 안타까운 심정으로 분연히 일어나 도학을 앞장서서 밝혔으며, 후학을 가르치는 일에 정성을 다하여 늙어서까지도 시들해지지 않았다. 비록 산림에 거처하였지만 세상을 저버린 적이 없어 당시 정치의 부족한 점이나 잘못된 부분을 들으면 문득 천정을 올려다보면서 길게 탄식하였으며, 백성들의 곤궁함을 보면 마치 자신의 몸에 아픔이 있는 것처럼 하였다. 혹 벼슬에 있는 사람과 이야기를 나누다가 조금이라도 백성을 이롭게 하는 것이 있으면 간절한 마음으로 반드시 시행될 것을 바랐다. 나라의 상황이 진작되지 않는 것에 대해 말할 때면 강개하여 눈물을 흘리기까지 하였는데, 병세가 매우 위독할 적에도 또한 그러하였다.

▪ 대곡大谷 선생이 부조를 보내는 서장書狀에 이르기를, "천리나 떨어진 먼 곳에서 사람을 보내 슬픔을 고하니, 이 어찌 요즘 사람이 할 수 있는 일이겠습니까? 남이 전하는 말을 통해 부음

을 들었는데, 3일이 지나 부고장訃告狀을 받아보니 과연 전에 들은 바와 틀리지 않았습니다. 남쪽을 향해 크게 곡을 하고 하늘을 향해 부르짖었지만, 하늘은 아무런 말이 없으니 망극함을 어찌해야 하겠습니까? 이 사람은 제가 감히 더불어 벗으로 할 수 없으니, 높은 산처럼 우러렀으며 엄한 스승처럼 공경하였습니다. 문득 대들보가 꺾이니 저는 장차 누구를 의지해야 합니까?"라고 하였다.

◎ 부음을 아뢰니 임금이 통정대부 사간원 대사간通政大夫司諫院大司諫으로 증직贈職할 것을 명하였다.

◎ 부물賻物을 내리고 예관禮官을 보내 제사하게 하였다.

▪ 제문에 다음과 같이 말하였다.

"산천의 바른 기운과 우주의 영특한 신령을 받고 태어났네. 자질이 빼어나고 명랑하며, 타고난 성품이 순수하고 밝았도다. 난초 밭에서 난초가 자라듯, 학문이 있는 집안에서 성장하였네. 문예를 부지런히 익히고 닦아, 무리 가운데서 우뚝 뛰어났도다. 일찍이 대의大義를 깨닫고서, 깊은 이치를 널리 탐구하였네. 큰 뜻 세우고 안자顏子처럼 되길 바라, 그 경지에 이르길 기약하였네. 하늘이 사문斯文에 화를 내려, 선비들이 따를 바를 잃었었네. 진실되고 질박한 사람 헐뜯으며, 시류가 좋아하는 바에 아첨하였네. 그러나 뜻한 바를 굳게 지켜, 공은 지조를 변치 않았도다.

아름다운 문장 짓는 것 여사로 여기고, 도를 추구하길 착실히 하였네.

깊은 조예를 갖게 되자, 화려한 명성을 싫어하여, 아름다운 옥을 가슴속에 품은 채, 산림에 깊이 은거하였네. 밤낮으로 분전墳典[80]을 더욱 강마하여, 학문은 높은 산처럼 우뚝하고, 깊은 바다처럼 넓고 깊었네. 맑은 겉모습은 서릿발처럼 깨끗했고, 향기로운 덕성은 난초처럼 은은했으며, 마음은 유리병과 가을달처럼 맑았고, 행실은 상서로운 별과 경사스런 구름 같았네. 멀리 있다고 어찌 세상사 잊으리, 나라 근심 척신戚臣보다 깊었네. 아! 바로 이 마음이, 임금은 요순처럼 백성은 요순 시대 백성으로 만들겠다는 것이지.

선왕先王(明宗)께서 즉위하신 초기에, 권력을 훔친 신하가 권세를 잡았지. 백이伯夷를 탐욕하다 도척盜跖을 청렴하다 하여, 사邪로써 정正을 공격하였네. 삼정三精[81]이 거의 흐려지고, 인간의 기강도 무너지려 하였네. 우러러 생각하고 심사숙고하니, 누구를 의지하고 누구를 본받을 것인가. 하늘이 선왕의 성충聖衷을 도와, 마음을 다짐해 어진 사람 불렀네. 구중궁궐에 임명을 알리는 조서 내리고, 도로에는 초청을 하는 예물 왕래했네. 공은 이에 마음을 분발하여, 나라 위해 헌신하기를 결심하였네. 곧게 말하고 넌지시 드러낸 말, 의리는 정직했고 말은 엄숙했네. 누가 말했던가 봉황이 한 번 울자, 많은 사람들의 다문 입이 열린다고.

---

80) 분전墳典 : 삼분오전三墳五典을 가리킨다. 삼분은 중국 고대 삼황三皇의 책이며, 오전은 오제五帝의 책이라고 하는데, 지금은 전하지 않는다.
81) 삼정三精 : 해·달·별의 정기를 가리킨다.

남명선생편년의례 南冥先生編年義例

간사하고 아첨하는 자들 뼛속까지 섬뜩했고, 자리나 지키던 관료들 식은땀 흘렸네. 그 위엄 종묘사직을 안정시키고, 그 충성 조정을 격동시켰네. 사람들은 말했네 공이 위태롭다고, 그러나 공은 조금도 두려워하지 않았네.

선왕은 말년에 이르러, 매우 두려워하시었네. 간사한 무리들을 내쫓고, 어진 이를 생각하고 덕 있는 이를 방문했네. 맨 먼저 우리 공을 기용起用하여, 역마를 자주 보내 불러들였네. 백의白衣로 조정에 나와, 쌓은 선으로 진언을 하였네. 응답하는 말 메아리가 울리는 듯, 고기가 물을 만나 서로 기뻐하듯. 공이 고향을 그리워하여, 돌아가기를 재촉하였네. 공이 타고 온 말 잡아두기 어려워, 온갖 핑계를 대어 머물게 하였네. 내가 보위를 이어 받고서, 일찍이 공의 명성 흠모하였네. 선왕의 뜻에 따라, 여러 번 사신을 보냈네. 공은 나를 멀리하고 나오지 않아, 내 부족한 정성 부끄러웠네. 충성을 담아 올린 상소는, 말이 곧고 식견이 넓고 컸네. 아침저녁으로 이 글을 대하면서, 병풍의 경계하는 글을 대신했네. 공이 조정에 나와, 나의 팔다리가 되어주길 바랬네. 어찌 생각했으리 한 번 병에 걸린 것이, 소미성少微星[82]의 부름인 줄을. 시내를 건너는데 누구를 의지하리, 높은 산 같은 덕을 어디서 우러르리. 소자小子는 누구를 의지하고, 백성은 누구를 우러르리. 생각이 이에 미치니, 나의 마음이 매우 아프도다.

생각건대 옛날 은둔한 사람들, 대대로 밝은 빛이 있었네. 허유許由와 무광務光이 명성을 세워, 요임금 순임금 시대 번창하였지.

---

82) 소미성少微星 : 처사處士를 상징하는 별이다.

노중련魯仲連은 진秦나라에 항거하고, 엄광嚴光은 한漢나라를 부지하였네. 이들은 하나의 절개를 가지고서도, 오히려 난亂을 누그러뜨렸다네. 하물며 공의 아름다운 덕은, 금이나 옥처럼 곧은 데에 있어서랴. 몸은 시골에 묻혀 있지만, 세상의 경중이 되었네. 그 빛은 한 시대를 밝히고, 그 공적은 백대를 보존시켰네. 내 영광된 증직贈職을 더하지만, 어찌 그 예에 다하는 것이리. 옛날 선왕께서는, 함께 다스리지 못한 것 한스러워 하셨네. 나는 이 말씀을 음미하면서, 마음에 부끄러움을 품었네. 공의 모습 다시 볼 수 없으니, 이 한을 어찌 헤아릴 수 있겠는가. 저 남쪽 땅을 바라보니, 산은 높고 물길은 길구나. 하늘이 어진 이를 세상에 남겨 두지 않아, 큰 원로들이 연이어 돌아가네. 나라가 텅 빈 듯하여, 모범이 될 사람이 없구나. 사신을 보내 제사를 지내니, 내 마음이 한없이 슬프구나. 정령精靈이 있다면, 나의 정성을 흠향하기를."

-심의겸沈義謙이 거행했다. 예관禮官은 김찬金瓚이다.-

• 당시에 시신侍臣들이 "과거에 급제는 하지 않았더라도 학행이 있는 자는 대간臺諫의 벼슬에 보직한 조종祖宗의 고사에 의거하기를 청합니다."라고 건의하자, 임금이 여러 대신에게 의논하도록 명하였다. 영의정 이탁李鐸이 "제왕帝王이 사람을 등용한 것은 오직 인재를 얻는 데에 있었습니다. 어찌 과거급제의 여부를 따지겠습니까? 진실로 힘껏 배워 몸소 실천하고 조용히 자신을 지켜 이름 팔기를 생각지 않은 자라면, 비록 공보公輔의 지위에 두더라도 옳을 것입니다. 어찌 대간의 벼슬뿐이겠습니까. 근

래에 오로지 과거로써 사람을 등용하니, 재주와 덕망이 있는 선비가 많이 침체되어 드러날 수 없습니다. 조식과 같은 이는 한 시대의 유일遺逸인데, 제수한 것이 하찮은 관직에 불과하여 마침내 한 마디 말도 토로해 보지 못하고 죽었습니다. 이렇기 때문에 현인이 오지 않는 것입니다. 이제부터는 대관臺官에는 과거에 급제하지 않은 사람도 함께 등용하여, 한편으로는 조종祖宗의 규례規例를 회복하고, 다른 한편으로는 사람을 등용하는 길을 넓힌다면, 어찌 성명聖明의 치적治績에 빛남이 있지 않겠습니까?"라고 하였다.

◎ **4월에 산천재山天齋 뒷산 임좌壬坐 언덕에 안장했다.**
  -한강이 성주로부터 작은 방상方床을 만들어 보내와 운구運柩하는 데에 편리하게 했다-

▪ 유명遺命에 따른 것이다. 제주題主를 할 때에, 덕계가 문인의 우두머리로서 동쪽에 서고 수우당이 그 다음에 섰으며, 남은 사람은 각기 서열대로 섰다. 모두 말하기를 "제주題主를 하는 사람은 나라의 법제를 따라 길복吉服을 입어야 한다."라고 했는데, 동강과 한강은 "마땅히 소복素服을 입어야 한다."고 했으며, 한강이 힘써 주장했다. 만시輓詩와 제문祭文이 수 백여 편이었는데, 사문斯文의 불행이며 나라의 비극이라는 말은 모두가 한결 같았다. 의론하는 자들이 대곡의 제문이 선생의 덕과 행실을 잘 표현하였다고 평가하였다.

◎ 묘갈墓碣을 세웠다.

▪ 대곡 성운이 지은 것이다. 묘갈문의 내용은 다음과 같다.

"조씨曹氏는 옛날부터 잘 알려진 성으로 대대로 인물이 배출되었다. 그 시조는 고려 태조太祖 때 벼슬하여 형부원외랑刑部員外郎을 지낸 조서曹瑞란 사람인데, 덕궁공주德宮公主가 그 어머니이다. 그 뒤 계속해서 유명한 사람들이 많았다.

조은曹殷이란 분은 중랑장中郎將을 지냈는데, 공에게 고조가 된다. 이 분이 조안습曹安習을 낳았는데 성균생원成均生員이며, 그 아들은 조영曹永인데 벼슬하지 않았다.

그 아들 조언형曹彦亨은 재예才藝로써 과거에 뽑혀 이조정랑吏曹正郎을 지냈다. 뜻이 군세고 지조가 있어 남들과 잘 어울리지 않았다. 벼슬이 승문원承文院 판교判校에 이르러 죽었다.

배위配位는 이씨李氏인데 충순위忠順衛를 지낸 이국李菊의 따님으로 현숙한 범절이 있어 군자를 섬김에 어긋남이 없었다.

공은 그 둘째 아들로서, 이름은 식植이고 자는 건중楗仲이다.

나면서부터 우람하고 용모가 순수하였다. 아이 때 벌써 조용하고 무게가 있어 어른 같았다. 아이들과 어울려 장난치며 놀지 않았고, 노리개 같은 것도 손에 가까이 하지 않았다.

아버지가 공을 사랑하여 말을 하기 시작할 때부터, 안아 무릎 위에 앉히고서 글을 가르쳤는데, 아버지가 말하는 것은 다 외워 잊지 않았다.

나이 팔구 세 때 심한 병으로 자리에 누웠는데, 어머니가 근심스런 빛을 띠자, 공은 몸을 일으켜 기운을 차리고는 조금 낫다고 말하면서, 어머니에게 '하늘이 사람을 낼 때 공연히 내지는 않았을 겁니다. 이제 제가 다행히 남자로 태어났으니, 하늘이 반드시 저에게 부여한 임무가 있어 그 일을 하도록 책임을 지울 것입니다. 하늘의 뜻이 저에게 있다면, 제가 지금 갑자기 요절할 것은 걱정할 것이 없습니다.'라고 위로하니, 듣는 사람들이 기특하게 여겼다.

조금 자라서는 널리 통하지 않은 책이 없었고 『춘추좌씨전春秋左氏傳』과 유종원柳宗元의 글을 더욱 좋아하였다. 이런 까닭에 공이 지은 문장은 기이하면서도 우뚝하여 기운과 힘이 있었다. 사물을 읊거나 기록할 때 별 신경을 쓰지 않은 것 같으면서도 말은 엄정하고 뜻은 치밀하여 법도가 있었다. 나라에서 과거를 보아 선비들을 뽑을 때, 공이 문장을 지어서 바치면 시관試官들이 그 글을 보고서 크게 놀라 1등이나 2등에 둔 것이 세 번이나 되었다. 고문古文을 배우는 사람들이 다투어 전해 외우며 모범으로 삼았다.

가정嘉靖 5년(1526) 판교공이 돌아가시자, 공은 서울에서 고향으로 운구하여 선영에 장사지냈다. 그리고는 어머니를 뫼시고 고향으로 돌아와 봉양하며 살았다.

하루는 공이 글을 읽다가 노재魯齋 허형許衡의 말 가운데서 '이윤伊尹의 뜻을 뜻으로 삼고, 안자顔子의 학문을 학문으로 삼는다'라는 것을 보고 흠칫 깨달아 발분하여 뜻을 굳게 세워 육경六經·사서四書 및 주렴계周濂溪·정자程子·장횡거張橫渠·주자朱子 등이 남긴 책을 읽고 외웠다. 낮 동안 힘을 다해 공부하고 또 밤이

늦도록까지 정력을 쏟아 공부하여 이치를 탐구하였다.

스스로 생각하기를, '학문은 경敬을 유지하는 것이 가장 중요하다'라고 하여, 마음을 흩트리지 않고 한 가지 일에 집중하여 늘 밝게 깨달은 상태를 유지하여 몸과 마음을 잘 거두어 단속하려고 노력하였다. 스스로 생각하기를, '학문은 욕심을 적게 하는 것보다 앞서는 것이 없다'라고 하여, 자신의 사욕을 이겨 찌꺼기를 싹 씻어내고 하늘의 이치를 함양하기에 힘을 다하였다. 남이 보지 않고 듣지 않는 곳에서 늘 조심하고 두려워하였으며 남이 보지 않는 혼자 있을 때 자신을 성찰하였다.

아는 것이 이미 정밀하고 오묘한 경지에 이르렀으면서도 더욱 정밀하고 오묘해지기를 구했고, 힘써 실천했으면서도 더욱 더 실천하기에 힘을 다하였다. 그리하여 자신을 성찰하기에 힘을 쏟았다. 자신을 성찰하고 체험하여 실제의 일에 바탕을 두어 깊고 깊은 경지에 반드시 도달하고자 노력하였다.

가정嘉靖 24년(1545)에 어머니의 상을 당하여 부친의 산소 왼쪽에 안장하였다.

공은 지혜가 밝고 식견이 높아 벼슬에 나아가고 물러나는 기미를 잘 살폈다. 세상은 쇠퇴하고 도가 없어져 사람들의 마음은 이미 잘못 되었고, 풍속은 각박해져 큰 가르침이 이미 해이되었음을 보았다. 또 하물며 어진이가 처신하기 어렵고, 사화士禍가 느닷없이 일어남에랴? 이런 시대를 당하여 공은 비록 세상을 교화하여 바로잡을 뜻이 있었지만, 도道가 때를 만나지 못했으므로 자신이 배운 바를 끝내 실행할 수 없을 줄 알았다. 이런 까닭에 과거에 응시하지도 않았고 벼슬을 구하지도 않은 채, 자신을 숨겨 산야山野에 물러나 살았다.

스스로 남명南冥이라 호를 지었고, 자기가 지은 정자는 산해정山海亭이라 하였다. 거처하는 집은 뇌룡사雷龍舍라고 하였다. 맨 나중엔 두류산에 들어가 물 흐르고 구름 낀 골짜기에 터를 잡아 조그마한 집을 지어 산천재山天齋라고 이름을 걸고서 깊이 숨어서 자신을 수양하기를 여러 해 동안 하였다.

중종中宗 때 천거되어 헌릉참봉獻陵參奉에 임명되었으나 나아가지 않았다.

명종明宗 때 다시 유일遺逸로 천거되어 전생서주부典牲署主簿와 종부시주부宗簿寺主簿에 임명되었다. 얼마 있다가 단성현감丹城縣監에 임명되었지만, 모두 취임하지 않았다. 이 때 국가의 병폐를 지적하여 상소하기를, '나라의 일은 날로 그릇되어 가고 민심은 날로 흩어져 가고 있습니다. 이를 전환시킬 기회는 자질구레한 정사나 형벌에 있지 않고 오직 전하의 마음속에 있습니다.'라고 했다. 그 뒤 조지서사지造紙署司紙에 임명되었으나 병으로 사양했다.

또 임금님께서 공을 상서원판관尙瑞院判官에 임명하여 부르시기에 대궐로 들어가 임금님을 뵈었다. 임금님께서 세상을 다스리는 방법을 묻자, 공이 이렇게 대답하였다. '고금의 다스리는 방법은 책에 다 실려 있으므로 신의 말이 필요하지 않습니다. 신이 가만히 생각건대, 임금과 신하 사이는 정분과 의리가 서로 들어맞아 아무런 틈이 없어야만 정치를 할 수가 있습니다. 옛날의 훌륭한 제왕들은 신하 대접하기를 마치 친구 대접하듯 하여 그와 정치의 방법을 강구했으므로 임금과 신하 사이에 의견교환이 활발했습니다. 지금 백성들이 곤궁하여 물이 빠져나가듯 다 흩어졌으니, 집에 불난 것 끄듯 해야 합니다.'라고 했다.

또 학문하는 방법에 대해서 묻자, 공이 대답하기를 '임금의 학문은 정치를 하는 근본인 바, 그 학문은 마음으로 터득하는 것을 귀하게 여깁니다. 마음으로 터득해야 천하의 이치를 궁구하여 사물의 변화에 대응할 수 있습니다.'라고 하였다.

또 임금님께서 촉한蜀漢의 유현덕劉玄德이 제갈공명諸葛孔明의 움막으로 세 번 찾아가 그를 초빙한 일에 대해서 묻자, 공은 '반드시 영웅을 얻어야만 한漢나라 왕실을 회복할 수 있기 때문에 세 번까지 찾아가게 되었습니다.'라고 대답하니 임금님이 칭찬하였다.

융경隆慶 원년(1567) 지금 임금님[宣祖]께서 즉위하시어 전지傳旨를 내려 불렀지만 사양했다. 곧 이어 또 부르는 명이 있었으나, 다시 사양했다. 상소하여 아뢰기를, '구급救急이란 두 글자를 바쳐 제가 벼슬에 나가는 것을 대신 하겠습니다.'라고 했다. 또 당시의 정치상의 폐단 열 가지를 지적했다.

그 다음 해 또 부름을 받았지만 사양하고 봉사封事를 올려 다음과 같이 말하였다. '나라를 다스리는 방법은 임금이 착함을 밝히고 몸을 정성스럽게 가지는 데 있습니다. 착함을 밝히고 몸을 정성스럽게 하는 일은 반드시 경敬을 위주로 해야 합니다.'

그리고는 아전들이 간악하게 이익을 챙기는 일에 대해서 논했다.

얼마 뒤 종친부전첨宗親簿典籤에 임명됐지만, 또 사양했다.

신미년(1571) 크게 흉년이 들자 임금님께서 공에게 곡식을 내리셨는데, 공은 글을 올려 은혜에 감사하면서 아뢰기를, '여러 번 건의하는 말을 올렸는데도 시행되는 말이 없습니다.'라고 했는데, 말이 매우 간절하고 곧았다.

임신년(1572)에 병이 위독해지자, 임금님께서 어의御醫를 보내어 병을 치료하게 했는데, 어의가 도착하기 전인 음력 2월 8일에 일생을 마쳤으니, 향년 72세였다. 산천재 뒷산에 묘 자리를 잡아 4월 6일에 장례를 치렀다.

공은 타고난 자질이 영특하고 그릇이 컸다. 단정하고 근엄하며 곧고 발랐다. 굳세면서도 정밀했고 지조가 매우 강했다. 실천을 확실히 했으며, 처신하는 것은 모두 법도에 맞게 했다. 눈으로는 음란한 것을 보지 않았고, 귀로는 삐뚤어진 소리를 듣지 않았다. 장엄하고 공경스런 마음을 늘 속으로 간직하고 있었고 게으른 모습을 밖으로 보인 적이 없었다. 늘 그윽한 방에 푹 잠겨 거처하면서, 발로 담장 밖을 밟은 적이 없었다. 비록 바로 붙어 있는 이웃집에 사는 사람일지라도 그 얼굴을 보기가 어려웠다.

새벽에 닭이 울면 일어나 갓을 쓰고 옷띠를 매고서 자리를 바로하여 곧게 앉아 있으면 어깨와 등이 꼿꼿하였는데, 바라보면 마치 초상화나 조각상 같았다. 책상을 닦고 책을 펼쳐서는 마음과 눈이 모두 책에 집중하였다. 묵묵히 읽으면서 푹 잠기어 생각하였지, 입으로 글 읽는 소리를 내지 않았다. 서재 안이 고요하여 마치 사람이 없는 것 같았다.

풍채와 용모는 느긋하면서도 고상하여 절로 법도가 있었고, 비록 성나고 다급하며 놀라고 시끄러울 때일지라도 늘 지켜온 자세를 잃지 않아 매우 훌륭하였다.

집안에서는 근엄하게 여러 사람들을 대하였으므로, 집안 안팎이 엄숙하게 잘 정돈되어 있었다. 가까이서 모시는 여종도 머리를 잘 빗고 단정히 하지 않고서는 감히 가까이 가지 못했다. 그 부인도 역시 그렇게 해야만 했다.

벗을 사귀는 일을 반드시 신중히 했다. 그 사람이 벗할 만한 사람이면 비록 평범한 사람이라도 왕처럼 높여 예의를 차려 존경했고, 그 사람이 벗할 만한 사람이 못될 경우에는 비록 벼슬이 높을지라도 마치 흙먼지나 지푸라기처럼 보아 그들과 같이 남아 있는 것을 부끄럽게 여겼다. 이런 까닭으로 교유가 넓지 못했다. 그러나 공이 사귀어 아는 사람들은 모두 학행과 문예가 있는 당대의 이름난 선비들이었다.

공은 사람을 알아보는 눈이 매우 밝아 사람들이 속일 수가 없었다. 나이 젊은 신진 가운데서 남들이 부러워하는 중요한 직책에 앉아 있는 사람이 있었는데, 그 당시 세상의 칭찬을 한 몸에 받고 있었다. 공이 한 번 보고서 다른 사람에게 말하기를, '그 재주를 믿고 스스로 자랑하고 기세를 부려서 남에게 군림하려는 것을 보니, 뒷날 반드시 어진 사람을 해치고 능력 있는 사람을 못살게 만들 것이오.'라고 했다. 그 뒤 그 사람은 과연 높은 자리에 올라가서는 흉악한 무리들과 결탁하여 법을 멋대로 주무르면

남명선생편년의례 南冥先生編年義例

서 위엄을 부려 사람들을 많이 죽였다.

또 글재주 있는 선비로서 아직 과거에 오르지 못한 사람이 있었는데, 그 사람됨이 몰래 남을 시기하고 질투하며, 또 어진 사람을 원수처럼 여겼다. 공이 여러 사람이 모인 자리에서 그 사람을 보고서 물러나와 친구에게 말하기를, '내가 그 얼굴을 살펴보니 그 사람의 용모는 젊잖은 것 같지만 속으로 남을 해칠 마음을 갖고 있으니 그 사람이 만약 벼슬자리를 얻어 자기 뜻을 펴게 된다면, 어진 사람이 아마도 위태로울 것이요.'라고 하니, 친구가 공의 밝은 눈에 감복하였다.

매번 임금님의 제삿날을 만나면 풍악을 듣지 않고 고기를 먹지 않았다. 하루는 두서너 명의 벼슬아치들이 공에게 절간에 가서 놀이를 벌이고 한 잔 마시자고 청했다. 공은 천천히 말하기를, '오늘이 아무 대왕의 제삿날인데, 그대들은 혹 잊었는지요?'라고 하니, 좌우의 친구들이 실색을 하며 놀라 사과하고 빨리 고기를 치우게 하고 술만 몇 잔 하다가 그만두었다.

천성이 매우 효성스럽고 우애가 있었는데, 어버이의 곁에 있을 때는 반드시 부드러운 얼굴빛으로 착한 일을 함으로써 어버이를 봉양하여 그 마음을 즐겁게 해드렸다. 부드러운 감촉의 옷과 맛난 음식을 빠짐없이 갖추어 드렸다.

상중에 있을 때는 피눈물을 흘리면서 슬피 사모하여 상복을 벗지 않고 이른 아침부터 밤 늦게까지 신주 곁에 있었다. 비록 병이 있어도 떠나려고 하지 않았다.

제사 때는 제사 음식을 고루 갖추었는데, 음식 장만하는 일이

나 그릇 씻는 일을 노비들에게만 맡겨 두지 않고 반드시 직접 살펴보았다.

조문하는 사람이 있으면 반드시 엎드려 곡하고 답례로 절만 할뿐, 그들과 더불어 앉아 말한 적이 없었다. 곁에서 시중드는 아이 종에게도 복상服喪이 끝나기 전에는 여러 가지 집안 일 등으로 와서 묻지 말라고 당부하였다.

아우 조환曺桓과 우애가 매우 돈독하여, '형제는 지체支體와 같아서 나뉘어질 수 없다'고 생각하였다. 아우와 한 울타리 안에 살면서 한 밥상에서 밥 먹고 한 이불을 덮고 자면서 마음이 서로 통하도록 하였다.

집안의 재산을 내어 형제 가운데서 가난한 사람들에게 다 나누어주고 자기는 조금도 갖지 않았다.

다른 사람들이 죽거나 초상을 만났다는 말을 들으면 마치 자기가 슬픈 일을 당한 듯 있는 기운을 다하여 급히 달려가 홍수나 화재에서 건져내듯 구제해 주었다.

쭉정이나 피 버리듯이 재물을 쉽게 내놓았다.

세상 일을 잊지 못하였고 나라 일을 근심하고 백성들을 불쌍히 여겼다. 매양 달 밝은 맑은 밤이면 혼자 앉아 슬피 노래하다가 노래가 끝나면 눈물을 흘렸지만, 이 사람들은 그 뜻을 알지 못하였다.

공은 만년에 학문의 힘이 더욱 진보되어 조예가 정밀하고 깊어졌다.

공이 사람을 가르칠 때, 배우는 사람의 재주에 따라서 정성을 다했다. 질문이 있으면 그 의심스런 뜻을 털끝 하나까지도 아주 자세하게 분석하여 듣는 사람들로 하여금 훤히 깨닫게 한 뒤에 그만두었다. 또 배우는 사람에게 경계하여, '지금 세상에 배우는 사람은 절실한 것은 버려두고 고원한 것을 추구하니 작은 병통이 아니다. 학문이란 본디 부모를 섬기고 형을 공경하고 어른을 잘 받들고 어린이를 보살피는 것에서 벗어나지 않는다. 만약 이런 일에 힘쓰지 않으면서 곧장 성리학의 오묘한 이치를 구하려고 한다면 이는 사람의 일에서 하늘의 이치를 구하는 것이 아니니 끝내 실제 얻는 것이 없을 것이다.'라고 하였다.

옛 성현들의 초상화를 그려 병풍을 만들어 펼쳐 두고서 매일 아침 우러러 절하며 엄숙하게 경의를 표했는데, 마치 그 분들을 직접 그 자리에서 스승으로 모시고서 가르침을 듣는 듯이 했다.

공은 일찍이 말하기를, '배우는 사람은 잠을 많이 자서는 안된다. 사색하는 공부는 밤에 더욱 집중할 수 있다.'라고 했다.

매양 책을 읽다가 긴요한 곳이 나오면 반드시 세 번 반복하여 읽은 뒤 적어두었는데, 그것을 이름하여 『학기學記』라고 했다.

손수 「신명사도神明舍圖」를 그리고 거기에다 「신명사명神明舍銘」을 지어 붙였다. 또 「천도도天道圖」 등을 그렸는데, 그 종류가 한 가지만이 아니었다.

또 창문과 벽 사이에 경의敬義 두 글자를 써서 배우는 사람들에게 보이면서 스스로 경계하였다. 병이 아주 위독할 때도 오히려 경과 의에 대한 이야기를 간절히 하면서 제자들을 가르쳤다.

죽을 때 부녀자들을 물리쳐 가까이 오지 못하게 했다. 죽는 것을 편안히 받아들여 조금도 마음이 흔들리지 않았고, 잠들 듯이 고요히 숨을 거두었다.

임금님께서 치제致祭할 제문祭文을 지어 내리고 곡식으로 부조를 하였으며, 사간원司諫院 대사간大司諫을 추증하였다.

친구, 여러 제자, 일가친척들이 울부짖으며 슬퍼하였는데, 장례 때 모여 영결한 사람이 수 백명이 되었다.

부인은 남평조씨南平曺氏인데, 충순위忠順衛 조수曺琇의 따님이다. 공보다 먼저 세상을 떠났다. 아들 하나 딸 하나를 낳았다. 아들은 일찍 죽었다. 딸은 만호萬戶 김행金行에게 시집가 딸 둘을 낳았다. 그 사위 가운데서 맏이는 김우옹金宇顒인데, 지금 승문원承文院 부정자副正字이다. 그 다음은 곽재우郭再祐인데, 바야흐로 글을 배우고 있다.

방실旁室에게서 아들 셋과 딸 하나를 낳았으니, 아들은 차석次石, 차마次磨, 차정次矴이다. 딸은 맨 뒤에 낳아 어리다.

아아! 공은 독실하게 배우고 힘써 실천하여 도를 닦고 덕에 나아가 조예가 정밀하고 견문이 넓어 비교할 만한 사람이 없었다. 옛날 선현들과 대등하여 후세의 학자들이 으뜸되는 스승으로 쳤다. 혹 모르는 사람들은 논의를 달리했지만, 어찌 꼭 모르는 사람에게 알려지기를 구하겠는가? 어찌 단지 꼭 지금 사람들에게만 알려지기를 구하겠는가? 백세百世를 기다려 아는 사람은 알 것이다.

내[成運]가 친구인지라, 어울려 지낸 지가 가장 오래 되어, 젊어서부터 노년에 이르기까지 그 덕행을 보고 들었으므로, 다른 사람들이 알지 못하는 바를 아는 것이 있다. 모두 눈으로 본 것이지, 귀로 들은 것은 아니므로 신빙성이 있을 것이다.

명銘은 이러하다.

하늘이 공에게 덕을 부여하여,
어질고도 곧았네.
그 덕을 몸에 간직하여,
스스로 쓰기에 풍부했다네.
사람들에게 베풀지 못하여,
은택이 널리 미치지 못했네.
시대가 그러했던가? 운명이었던가?
불쌍해라! 우리 백성들 복 없으니."

- 살펴보건대, 이 편篇에 서술한 내용 중에서 위의 여러 연조年條에 보였던 것이 많은데, 문장을 덜어내거나 줄이기가 어려워 전문을 모두 실었다.

▪ 한강 정구에 관한 「유사遺事」에, "한강 선생은 대곡 성운이 지은 조 선생의 묘갈문이 대현大賢의 기상을 잘 표현했다고 생각하여, 사람마다 모두 좌우座隅에 걸어두어 눈으로 보고 마음에 간직하게 하고자 했다. 그런데 탁본을 많이 하면 비석이 마모될까 매우 염려하였다. 그 후 안동부사安東府使가 되었을 때 목판木板에 새겨 덕천서원德川書院으로 실어 보냈다."라고 기록되어 있다.

六年　壬辰　先生七十二歲

正月　盧玉溪　金東岡　鄭寒岡　河覺齋　來省疾

・是月十五日　先生疾劇　東岡請東首以受生氣　先生曰　東首
豈能受生氣　再三請之　先生曰　君子之愛人也　以禮　遂東首　又問
脫有不諱　當以何號　稱先生乎　曰　用處士　可也　是日　命撤藥物米
飲　門人進曰　藥物之撤　旣聞命矣　米飲不進　恐非自然底道理　先
生爲進少許　經一宿　而病小間　謝遣諸生

二月　李竹閣　河寧無成　孫撫松　柳潮溪　李茅村　李陶丘　林藍溪
朴雪峰　來診

初八日　終于寢

・自初六日　病革　召河應圖孫天祐柳宗智等　申命治喪之節　初
八日　戒內外安靜　令勿近婦人　正枕席　恬然而終　・前年冬　頭流
多木稼　屋後山崩頹　天朝星官　語本國行人曰　汝國高人　近將不
利　至是　先生卒　卒之日　大風暴雪　天地晦冥　正月　本道以疾聞
上遣中使診之　未至而卒　先生之病甚也　諸生進曰　請先生　有以
教小子　先生曰　凡百義理　君輩平日所講究　但篤信爲貴　又曰　敬
義二字　極切要　學者要在用功熟　熟則無一物在胸中　吾未到這境
界以死矣　東岡曰　先生嘗細書古人論敬要語　常目擊而心念之　至
於疾革之日　猶誦其語　精爽不亂　與學者語　猶以行己大方　出處
大節　諄諄不倦　雪峰曰　燦獲侍執燭之列　仰見先生　精神儘繭之
甚　而操存省察之工　未嘗有一刻之放過　益知先生所存所養也　・

先生當士林斬伐道學諱忌之時 慨然奮發 倡明斯道 牖啓後學 惓惓至老不衰 雖棲遲林下 未嘗忘世 聞時政闕失 輒仰屋長吁 見生民困悴 若恫瘝在身 或與當官者言 有一分可以利民者 懇懇冀其必施 語及國勢之未振 則感慨以至泣下 至病甚亦然 ·大谷先生賻狀曰 自千里之遠 發使告哀 此豈今人事 得人傳語 聞訃踰三日 得見下狀 果與前所聞不謬 南向大哭 呼天而天不語 罔極奈何 斯人 吾不敢與之爲友 仰之若喬嶽 敬之如嚴師 樑摧奄及吾將安倣云云

訃聞 上命贈通政大夫司諫院大司諫

賜賻物 遣禮官 致祭

·祭文曰 惟靈 河嶽正氣 宇宙精英 凝資秀朗 賦質純明 蘭畦苗茅 詩禮之庭 習文肆藝 超群發硎 早見大義 旁搜蘊奧 嘐嘐孔顏 是期是造 天椓斯文 士失所導 雕眞毀朴 媚于時好 益堅所志 公不渝操 餘事宏詞 望道慥慥 爰有所詣 遂厭聲華 握瑜懷瑾 高栖烟霞 昕夕典墳 益事講磨 卓乎山峻 淵若涵河 清標霜潔 馨德蘭薰 氷壺秋月 景星慶雲 遠豈忘世 憂深戚臣 嗚乎此心 堯舜君民 先王初載 盜臣竊柄 夷貪跖廉 以邪攻正 三精幾瞽 人紀將覆 仰念深思 誰因誰極 天佑聖衷 銳意徵賢 宣麻九重 玉帛翩翩 公斯奮廣 爲國身捐 讜言風發 義正辭嚴 孰謂鳴鳳 發此衆拑 姦諛寒骨 具僚汗顏 威振宗社 忠激朝端 人爲公危 公不少慄 及茲季年 聖念深惕 黜回屛姦 思賢訪德 首起我公 馳驛頻繁 白衣登對

集美效君 答應如響 魚水相欣 公思舊居 式遄其歸 白駒難縶 興
言在茲 逮予嗣服 夙欽公聲 遹追先志 屢煩于旌 公平邈邈 愧我
菲誠 瀝忠獻章 言危識宏 朝哺對越 以代扆屏 庶幾公來 作我股
肱 詎意一疾 少微告徵 濟川誰倚 高山何仰 小子疇依 生民誰望
言念及此 予心惻愴 思昔隱遯 代有烈光 由務樹聲 唐虞其昌 魯
連抗秦 嚴光扶漢 縱云一節 尙或弸亂 況乎美德 金玉其貞 棲身
數畝 爲世重輕 光燭一代 功存百世 榮贈雖加 豈盡其禮 伊昔先
王 恨不同時 予味斯言 心懷忸怩 音容永隔 此恨何量 眷彼南服
山高水長 天不憖遺 大老繼零 國以空虛 奈無典刑 聊伻洞酌 予
懷之傷 精靈不昧 歆我馨香 (沈義謙行禮官金瓚) ▪ 時 侍臣有建
白 請依祖宗故事 以未出身有學行者 參補臺職 上命諸大臣議
領相李鐸 以爲帝王之用人 惟在於得人 何關出身與否乎 苟有力
學踐履 恬靜自守 無意衒玉者 則雖置之公輔 可也 何獨臺職乎
近來專以科第用人 才德之士 多沈而不揚 至如曹某 乃一時遺逸
而除拜不過冗官 終不得吐一言而死 此賢者所以不至也 自今臺
官 參用未出身人 一以復祖宗之規 一以恢用人之路 則豈不有光
於聖治乎云云

四月 葬于山天齋後山壬坐之原 (寒岡自星州 造小方床輪送
以便運柩)

▪遵遺命也 將題主也 德溪在門人之首 立于東 守愚居其次
餘各序立 皆曰 題主者從國制 著吉服 東岡 寒岡 以爲當著素服
寒岡力主焉 輓詩祭文 至數百餘篇 斯道之不幸 邦國之殄瘁 一

辭皆然 而議者以大谷祭文 爲善言德行也

立墓碣

　·大谷所撰也 文曰 曹故爲著姓稱 世有人 其先有仕高麗太祖
時 爲刑部員外郎諱瑞者 德宮公主 其母也 其後相繼昌顯 至諱
殷者 中郎將 於公爲高祖 是生諱安習 成均生員 生員生諱永 不
仕 其嗣曰諱彦亨 始以才藝 選爲吏曹正郎 狷介寡合 官至承文
院判校以卒 其配李氏 忠順衛菊之女 有閫範 事君子無違德 公
其第二子 植名而楗仲其字也 生而岐嶷 容貌粹然 自爲兒 靜重
若成人 不逐輩流與戲 游弄之具 亦莫肯近其手 判校公 愛之 自
能言 抱置膝上 授詩書 應口輒成誦不忘 年八九歳 病在席 母夫
人憂形於色 公持形立氣 紿以小間 且告之曰 天之生人 豈徒然
哉 今我幸而生得爲男 天必有所與 責我做得 天意果在 是吾豈
憂今日遽至夭歿乎 聞者異之 稍長 於書無不博通 尤好左柳文
以故 爲文奇峭有氣力 詠物記事 初不似經意 而辭嚴義密 森然
有律度 因國策士 獻藝有司 有司得對語大驚 擢置第一第二者
凡三焉 學古文者 爭相傳誦以爲式 嘉靖五年 判校公捐館 公自
京師 奉裳帷安厝乎鄉山 迎歸母夫人 侍養焉 公一日 讀書得魯
齋許氏之言曰 志伊尹之志 學顔子之學 惕然覺悟 發憤勵志 講
誦六經四書及周程張朱遺籍 旣窮日力 又繼以夜 苦力弊精 硏窮
探索 以爲學莫要於持敬 故用工於主一 惺惺不昧 收斂身心 以
爲學莫先於寡欲 故致力於克己 滌淨查滓 涵養天理 戒懼乎不覩
不聞 省察乎隱微幽獨 知之已精而益求其精 行之已力而益致其

力 以反躬體驗 脚踏實地爲務 求必蹈夫閫域 二十四年 丁母夫
人憂 祔葬于先大夫墓左 公智明識高 審於進退之機 嘗自見世衰
道喪 人心已訛 風漓俗薄 大敎廢弛 又況賢路岐嶇 禍機潛發 當
是時 雖有志於挽回陶化 然道不遇時 終未必行吾所學 是故 不
就試 不求仕 卷懷而退居山野 自號南冥 名其所築亭曰山海 舍
曰雷龍 最後 得頭流山 入水窟雲洞 架得八九椽 扁曰山天齋 深
藏自修 年紀積矣 在中廟朝 以薦拜獻陵參奉 不起 明廟朝 又以
遺逸 再除爲典牲宗簿主簿 尋遷丹城縣監 皆不起 因上章曰 國
事日非 民心已離 其轉移之機 非在於區區之政刑 惟在於殿下之一
心 其後 拜司紙 以疾辭 又以尙瑞判官徵入 引對前殿 上問爲治
之道 對曰 古今治亂 載在方策 不須臣言 臣竊以爲君臣之際 情
義相孚 洞然無間 可與致治 古之帝王 遇臣僚若朋友 與之講明
治道 所以有吁咈都兪之盛也 方今生民 困悴離散 如水之潰流
當汲汲救之 如失火之家云云 又問爲學之方 對曰 人主之學 出
治之源 而學貴於心得 得於心 可以窮天下之理 可以應事物之變
而總攬萬機 自無事矣 其要只在敬而已 又問三顧草廬事 對曰
必得人 可以圖復漢室 故至於三顧 上稱善 隆慶元年 今上嗣服
有旨召 辭 繼有徵命 又辭 奏疏請獻救急二字 以代獻身 陳時弊
十事 二年 被召辭 又上封事言 爲治之道 在人主明善誠身 明善
誠身 必以敬爲主 因極陳胥吏姦利事 久之 援宗親府典籤 又辭
辛未 大饑 上賜之粟 以書陳謝 因言累章獻言 言不施用 辭甚切
直 壬申 病甚 上遣醫治疾 未至 以其年二月八日終 享年七十有
二 卜窆于山天齋後山 葬用四月六日

公天資英達　器宇高嶷　端嚴直方　剛毅精敏　操履果確　動循繩
墨　目無淫視　耳無側聽　莊敬之心　恒存乎中　惰慢之容　不形于外
常潛居幽室　足不躡門牆之外　雖連棟而居者　罕得見其面　聽鷄晨
興　冠頂帶腰　正席尸坐　肩背竦直　望之若圖形刻像　拂床開卷　心
眼俱到　默觀而潛思　口不作伊吾之聲　齋房之內　寂然若無人　威
儀容止　舒遲閑雅　自有準則　雖在怱卒驚擾之際　不失常度　甚可
觀也　於家　莊以莅衆　閨庭之間　內外肅整　其室婢之備近侍者　不
斂髮正髻　不敢進　雖其配偶之尊　亦然　取友必端　其人可友　雖在
布褐　尊若王公　必加禮敬　不可友　官雖崇貴　視如土梗　恥與之坐
以此　交游不廣　然其所與知者　有學行文藝　皆當世名儒之擇也
藻鑑洞燭　人無能廋匿　有新進少年　踐淸班　擅盛譽　公一見告人
曰　觀其挾才自恃　乘氣加人　異日賊賢害能　未必不由此人　其後
果登崇位　陰結兇魁　弄法行威　士類殲焉　又有士子　有文才未第
其人陰猜媚嫉　仇視賢人　公偶見於群會中　退而語友人曰　吾察於
眉宇之間　而得其爲人　貌若坦蕩　中藏禍心　如使得位逞志　善人
其殆乎　友人服其明　每値　國諱　不聆樂啖肉　一日　有二三名宦　請
公會佛寺張飮　公徐言曰　某大王諱辰　今日　是也　諸公豈偶忘之
耶　左右失色驚謝　亟命退樂去肉　酒一再行　乃罷　天性篤於孝友
居親之側　必有婉容　以善爲養　悅其心志　衣柔膳甘　亦莫不具　其
在服　哀慕泣血　不脫絰帶　晨夜　身未嘗不在几筵之側　雖遘疾　亦
莫肯退就服舍　祭必備物　烹調之宜　滌拭之潔　不以獨任廚奴　必
躬親視之　有弔慰者　必伏哭答拜而已　未嘗坐與之語　戒僮僕　喪
未終　勿以家事冗雜者來諗　與弟桓友愛甚篤　以爲支體不可離也

同居一垣之內　出入無異門　合食共被　怡怡如也　捐家藏　分與兄
弟之貧乏者　一毫不自取　聞人遭死喪之戚　痛若在己　匍匐盡力
如救水火　不能忘世　憂國傷民　每値淸宵皓月　獨坐悲歌　歌竟涕
下　傍人殊未能知之也　公晚歲　學力益進　造詣精深　其敎人　各因
其才而篤焉　有所質問　必爲剖析疑義　其言細入秋毫　使聽者洞然
暢達而後已　且戒學者曰　今之學者　捨切近趨高遠　不是小病　爲
學　初不出事親敬兄弟長慈幼之間　如或不勉於此　而遽欲窮探性
命之奧　是不於人事上求天理　終無實得　摹古聖賢遺像　每朝瞻禮
肅然起敬　如在函丈間　耳受面命之誨　嘗曰　學者無多著睡　其思
索工夫　夜中尤專　每讀書　得緊要語　必三復乃已　取筆書之　名曰
學記　手自圖神明舍　因爲之銘　又圖天道心性情與夫造道入德堂
室科級者　其類非一　又於窓壁間　大書敬義二字　以示學者　且自
警焉　病且亟　猶擧敬義說　懇懇爲門生申戒　其沒也　斥婦人不得
近　安於死　心不爲動　恬然如就寢　上賜祭賻粟　贈司諫院大司諫

　　夫人南平曹氏　忠順衛琇之女　先公沒　生男女二人　男早夭　女
歸于萬戶金行　生二女　其壻之長曰金宇顒　今爲承文院正字　次曰
郭再祐　方學文　旁室生三男一女　男曰次石　次磨　次矼　女最後生
幼

　　鳴乎　公篤學力行　修道進德　精詣博聞　鮮與倫比　亦可追配前
賢　爲來世學者宗師　而或者之不知　其論有異焉　然何必求知於今
之人　直百世以俟知者知耳　運忝在交朋之列　從遊最久　觀德行於
前後　亦有人所不及知者　此皆得於目而非得於耳　可以傳信　其辭
曰　天與之德　旣以且直　歛之在身　自用則足　不施于人　澤靡普及

남명선생편년의례南冥先生編年義例

時耶命耶 悼民無祿

(按 此篇所敍 多見於已上諸年 而難於删節 故備錄之 ・寒岡
遺事曰 先生嘗以成大谷所撰曺先生碣文 善形容大賢氣像 欲使
人人 皆以揭諸座隅 寓目存心 而多印石本 則恐有劃缺之患 深
以爲慮 及爲安東 入刊木板 運送德川書院)

◎ 1576년 (선조9, 병자, 만력萬曆 4)
서원書院을 덕천德川 가에 건립하고 석채례釋菜禮를 거행했다.

• 학자들이 의논하기를, "덕산德山은 선생이 만년晩年에 도道
를 강론하던 곳이니 서원이 없을 수 없다."라고 하였다. 이에 수
우당 최영경, 각재 하항, 무송 손천우, 조계 류종지, 영무성 하응
도, 진주목사晉州牧使 구변具忭(1529-?)[83] -선생이 소명召命을 받고
나아가 서울에 있을 때, 공이 폐백을 가지고 와서 뵙고 학문에
관해 물으며 성심으로 존모하였는데, 서원을 건립할 당시 녹봉
을 내어 일을 많이 도왔다- 등이 도내道內의 선비들과 함께 의견
을 모아 산천재로부터 서쪽으로 3리 쯤 떨어진 곳에 서원을 건
립하였다. -이후 임진왜란 중에 불탔다가, 10년이 지난 임인년
(1602)에 백곡 진극경, 모촌 이정, 창주滄洲 하징河澄 등이 함께 힘
을 합하여 중건했다.-

봄과 가을에 모여 강학을 하였는데, 산천재에서 시행한 예전
규례規例와 같이 행하였다. -강회講會에 참석한 자들의 명단을
기록한 『청금안靑衿案』이 도합 7책이 있다. 지금 산천재에 보관

---

83) 구변具忭 : 자는 시중時仲이며, 본관은 능주綾州이다.

되어 있다.-

◎ 회산서원晦山書院이 건립되었다.

・입재 노흠·송희창宋希昌과 많은 선비들이 함께 의논하여 삼가三嘉의 회현晦峴에 건립하였다. -본래는 삼가현의 서쪽 20리 즈음에 있었는데, 골짜기가 좁다고 여겨 문경호文景虎·송희창·조응인曺應仁 등이 향천香川으로 옮겨 세우고 용암서원龍巖書院이라 이름했다-

神宗萬曆四年 丙子
建書院于德川之上 行釋菜禮
・學者 議以德山先生晚年講道之所 不可無書院 於是 崔守愚河覺齋孫撫松柳潮溪河寧無成州牧具忭 (先生赴召 在都下時 公贄謁問業 誠心尊慕 至是捐俸敦事) 與道內士子合謀 乃就山天齋西三里許而營建焉 (後毀于壬辰之亂 越十年壬寅 陳栢谷李茅村河滄洲澄 相與重建) 春秋會講 如山天齋舊規 (會講時青衿案合七冊 今藏于山天齋)

晦山書院成
・盧立齋宋希昌 與多士共議 創立于三嘉之晦峴 (在縣西二十里許 後以峽隘 文景虎宋希昌曺應仁 移建于香川 號龍巖書院)

◎ 1578년 (선조11, 무인, 만력萬曆 6)
신산서원新山書院이 건립되었다.

▪ 김해金海의 탄동炭洞에 있다. 부사府使 하진보河晉寶가 고을 사람과 함께 의논해서 세웠다. -공이 백부栢府[84]에 있을 때 건의한 바가 많았었는데, 선생이 편지를 보내 장려하였다.-

임진년(1592)에 불탔으나 무신년(1608)에 황세열黃世烈·허경윤許景胤 등이 다시 세웠다.

六年 戊寅

新山書院成

▪ 在金海之灰洞 府使河晉寶 與鄕人 議立焉 (公嘗在栢府 多所建白 先生與書 獎勵焉) 壬辰燬 戊申黃世烈許景胤等 重創

◎ 1609년 (광해군 원년, 기유, 만력萬曆 37)
덕천서원德川書院, 용암서원龍巖書院, 신산서원新山書院 등이 사액賜額되었다.

▪ 승정원承政院에서 계啓를 올리기를, "지금 듣건대 진주·삼가·김해 등 여러 곳에 조식를 위해 서원을 중수重修하였다고 합니다. 만일 사액賜額해서 존숭하는 뜻을 보인다면, 선비들의 기상을 고무鼓舞시킬 수 있을 것이니, 우리 도학道學과 후학들에게

---

84) 백부栢府 : 어사부御史府의 별칭이다. 한漢나라 때에 어사부의 구내에 측백나무가 울창하여 들새 수천 마리가 늘 둥지를 틀고 있었으므로 생긴 말이다. 청나라 때에는 안찰사按察使의 별칭으로도 쓰였다.

남명선생편년南冥先生編年

어찌 매우 다행한 일이 아니겠습니까?"라고 하니, 해당 부서에 회답하는 계를 올리라고 명하였다. 예조禮曹에서 계를 올리기를, "고 증대사간贈大司諫 조식曹植은 산림에 은거하여 독실하게 배우고 힘껏 실천하여 그의 행실과 조예는 옛사람에게도 부끄럽지 않을 만합니다. 고을의 후학들이 종사宗師로 섬겨 서원을 건립하여 경모景慕하는 뜻을 나타내었으니, 만약 조정에서 특별히 편액 扁額을 내려 빛나게 해준다면 현사賢士를 존숭하고 장려하는 도리가 성대하다고 말할 수 있을 것입니다."라고 하였다. 아뢴 내용대로 시행할 것을 윤허하였다.

三十七年 己酉 光海元年
賜額德川龍巖新山書院

▪ 政院啓曰 今聞晋州三嘉金海等處 皆已爲曹某 重修書院云 若賜額以示褒崇之意 則可以聳動士氣 其於吾道後學 豈不幸甚 令該曹回啓 禮曹啓曰 故贈大司諫曹某 藏修林下 篤學力行 其 踐履造詣之功 可無愧於古人 鄉里後學 宗而師之 建立書院 以 寓景慕之意 若自朝廷 特賜扁額 以賁飾之 則其崇獎賢士之道 可謂盛矣 依啓允下

◎ 1615년 (광해군7, 을묘, 만력萬曆 43)
대광보국 숭록대부 의정부 영의정大匡輔國崇祿大夫議政府領議政 겸 영경연 홍문관 예문관 춘추관 관상감사 세자사兼領經筵弘 文館藝文舘春秋館觀象監事世子師에 증직하고, 문정文貞의 시호諡號

남명선생편년의례南冥先生編年義例

를 내렸다. -도덕박문道德博聞을 문文이라 하고 직도불요直道不撓를 정貞이라 한다-

▪ 이해 2월 25일에 성균관 유생들이 상소를 올려 증직을 더하고 시호를 내려주기를 청하였다. 3월 15일 예조에서 회답하는 계를 올리기를, "선정신先正臣 조식曺植은 학문의 맥이 끊어진 시대에 태어나 사문斯文을 흥기시키는 것으로써 자신의 사명을 삼았습니다. 마음을 붙잡아 보존하는 공부와 몸소 행하는 실천이 이윤伊尹의 뜻과 안연顔淵의 학문이 아닌 것이 없었습니다. 곧바로 오묘한 경지에 나아가 우리 도학의 정통을 계승하였습니다. 그러나 크게 쓰이지 못한 채 세상을 피해 살다가 죽었으니, 어찌 유림儒林의 영구한 슬픔과 세도世道의 불행한 일이 아니겠습니까? 그의 유풍遺風과 여운餘韻에 힘입어 무너진 풍속을 진작시키며, 은미하고 지극한 말씀이 후학들에게 모범이 되어 윤리를 세우고 의로움[義]과 이로움[利]을 분명히 구별하게 되었으니, 지금 성균관의 유생들이 올린 상소는 현인을 존숭하는 정성에 나온 것입니다. 하물며 오늘날 사람들의 마음이 착하지 못하여 윤리가 무너져가고 있으니, 선정신을 기리고 높이는 일은 이러한 상황을 전환하고 진작시키는 기회가 될 것입니다. 시호란 행실의 자취입니다. 큰 행실이 있은 사람은 큰 이름을 받게 되니, 시호를 내리는 법도가 본래 그러합니다. 예전에 선정신 김굉필金宏弼이 승지承旨에 증직되었는데, 공론公論이 그것은 관례대로 증직한 것일 뿐 특별한 표창이 있는 것은 아니라고 여겨 품계를 높여주기를 청하자, 영의정에 증직되었습니다. 이처럼 또한 분명

남명선생편년南冥先生編年

한 전례가 있으니, 유생들의 상소에 의거해 먼저 품계를 더 높여
주고 그 다음 시호를 의론하는 것이 어떻겠습니까?"라고 하자,
아뢴 내용대로 시행할 것을 윤허하였다.

四十三年 乙卯

贈大匡輔國 崇祿大夫 議政府領議政 兼領經筵 弘文館 藝文
館 春秋館 觀象監事 世子師 諡文貞 (道德博聞曰文 直道不撓曰
貞)

▪ 是年二月二十五日 館學諸生 上疏 請加贈爵賜諡 三月十五
日 禮曹回啓曰 先正臣曺某 生當絶學之後 以興起斯文爲己任
操存之功 踐履之實 無非伊志顔學 直造閑域 承吾道之正統 而
不得大施 遽世以沒 豈非儒林之長慟 世道之不幸乎 所賴遺風餘
韻 激勵頹俗 微言至訓 矜式後學 而扶樹綱常 判別義利 今此諸
生之疏 出於尊賢之誠 況今人心不淑 彝倫攸斁 此正褒崇先正
轉移振作之機也 夫諡者 行之迹也 有大行者 受大名 於法固然
昔先正臣金宏弼 贈承旨 公論以爲例贈 不足表異 請加崇品 終
有議政之贈 此亦明有前例 當依儒生疏 先加崇秩 次議諡號 何
如 依啓允下

◎ 1617년 (광해군9, 정사, 만력萬曆 45)

영남嶺南에 거주하는 생원生員 하인상河仁尙 등이 상소를 올
려 문묘文廟에 종사從祀하기를 청하였다.

-영남에서 일곱 번, 호서湖西에서 여덟 번, 호남湖南에서 네

번, 성균관과 사학에서 도합 열두 번, 개성부開城府에서 한 번,
옥당玉堂의 차자箚子가 한 번, 사헌부司憲府와 사간원司諫院에서
각각 한 번씩 올렸다.-

　　四十五年　丁巳
　　嶺南生員河仁尙等上疏　請從祀文廟 (嶺南七度　湖西八度　湖
南四度　館與學 合十二度　開城府一度　玉堂箚一度　兩司各一度)

제3장

제현찬술諸賢贊述

• 대곡 성운은 "공의 학문은 완전하고 순수했으며, 덕은 온축되고 높았다."라고 하였다.

大谷曰 公學成而醇 德積而崇

• 옥계 노진은 "고인을 배우려는 높고 거룩한 뜻을 가져, 용감히 나아가고 게으르지 않았네. 도가 높아 미움을 받으니, 뭇사람의 입방아를 면하지 못했네. 공은 한결같이 지조를 지켜, 후회도 탓함도 없었네. 마침내 공론公論이 정해져, 진심으로 감복하였네."라고 하였다.

玉溪曰 抗志古人 勇往不怠 道高見憎 不免群咻 公一其操 無悔無尤 卒隨以定 心乎翕服

• 덕계 오건은 다음과 같이 말하였다.

"해동海東에서 우뚝히 일어나, 세상을 뒤덮은 정신이었네. 귀신처럼 밝게 꿰뚫었고, 전쟁의 항진行陣 같이 용감하게 떨쳤다. 횡거橫渠의 장렬한 뜻으로, 의로움을 보면 빠르게 달려갔네. 태산의 추상같은 기풍으로, 투박한 풍속을 제압하였네. 설 곳을 확립하고, 굳은 절개를 다짐했네. 경敬을 중심으로 함양하고 성찰하며, 의義로써 결단하고 제재했네. 바람을 몰면서 우레로 채찍질하듯, 넓직한 걸음으로 원대한 것을 지향했네. 강하고 반듯하며 엄하고 군세어, 먹줄처럼 곧았고 저울같이 공평했네. 텅비고 밝으며 깨끗하고 맑아, 옥처럼 정결하고 얼음처럼 청명했네. 산림에 은거하여 좋은 덕을 비축하다가, 우레처럼 온세상을 일깨웠네. 눈으로는 미세한 낌새를 찾아내고, 마음으로는 고금의 인물을 평가했네. 여유롭게 선을 즐기니, 봄날처럼 찬란한 모습이었네. 재능을 펼치지는 못했지만 세상에 널리 알려졌으며, 뜻은 항상 사물을 사랑하였네. 백성의 고달픔을 보면, 진실한 마음으로 불쌍히 여겼네. 구제할 방책을 모색하여, 사람들에게 통렬하게 말하였네. 마음 아파하며 세상을 잊지 못했으니, 어려운 시대에 어찌 자신만 깨끗이 한 것이랴. 선비들이 지향할 곳을 알게 되었고, 백성들이 그의 은덕을 입었네. 참으로 우리 스승이며, 진실로 선각자이네. 불세출의 대유大儒이며, 세 임금에게 부름 받은 징사徵士이네."

德溪曰 卓立海東 蓋世精神 明透鬼神 勇奪行陣 橫渠壯志 見義奮迅 泰山秋氣 俯壓偸風 立定脚跟 堅節刻意 涵省主敬 斷制以義 駕風鞭霆 闊步遠指 剛方嚴毅 繩直準平 虛明灑落 玉潔氷

淸 艮畜陽德 雷開萬戶 眼索幾微 心衡今古 休休樂善 燁燁春容
才屈命世 志常愛物 視民疲癃 血誠矜惻 研畫救策 對人痛說 隱
非忘世 窮豈獨潔 士知所趣 民服其德 允矣吾師 展也先覺 百代
大儒 三世徵士

▪ 수우당 최영경은 "학문은 자신을 올바르게 세우는 데에 힘
썼으며, 공부는 사악한 것들을 물리치는 데에 노력했네."라고 하
였다.

守愚曰 學務爲己 功伴距闢

▪ 동곡 이조는 "안자顔子처럼 인仁을 어기지 않았고, 맹자孟子
같이 기상이 호연하였네. 요임금과 순임금에게 뜻을 두었고, 정
주학程朱學을 전수하였네."라고 하였다.

桐谷曰 顔仁不違 孟氣浩然 唐虞是志 洛閩其傳

▪ 동강 김우옹은 "공부를 할 적에 자신에게 절실한 것부터 밝
혀나가 확실한 곳으로부터 하고자 하였다."라고 하였다. 또 "출
처出處의 도는 군자가 신중히 하는 바이다. 선생은 확고하게 올
바른 도리를 지킨 것이 70여 년이었다."라고 하였다.

東岡曰 用工親切著明 要自確實頭做來 又曰 出處之道 君子愼諸 先生確
然 七十年餘

▪ 한강 정구는 다음과 같이 서술하였다.

"선생은 천지의 순수하고도 강한 덕을 타고났으며, 산천의 맑고 깨끗한 정기를 한 몸에 받아, 재주는 한 세상에 드높았고, 기개는 천고千古를 압도할 만하였다. 지혜는 천하의 변화를 통달하기에 충분하였고, 용맹은 삼군三軍의 장수를 빼앗기에 넉넉하였으며, 태산 같은 우뚝한 기상이 있었고, 봉황처럼 높이 나는 아취를 지녀, 산봉우리의 옥처럼 찬란히 빛났고, 수면에 비친 달빛처럼 환하였다.

문장을 익히고 여러 서책을 두루 통달하였는데, 우리들이 해야 할 큰일은 본디 여기에 있지 않다고 여겨, 분연히 자신을 올바르게 세우는 일에 힘을 쏟았으며, 은거하여 자신의 뜻을 이루기를 구하면서 문을 닫고 학문을 온축하였다.

충신忠信을 근본으로 하고 경의敬義를 중심으로 삼아, 세월이 오래 지남에 따라 내면에 함축된 것이 깊어지고 큰 근본이 세워졌다. 변화하는 일상에서 이처럼 행하는 오묘함이 아닌 것이 없었는데도, 오히려 원숙하여 말이 필요 없는 경지에 이르렀다고 감히 스스로 말하지 않았으니, 선생은 도道에 있어서 각고의 노력을 겪은 뒤에 얻었다고 말할 만하다.

평소에 선생은 한 생각이라도 세도世道에 대해 관심이 없은 적이 없었으니, 백성들이 근심하고 괴로워하는 모습과 군대를 통솔하고 나라를 다스리는 일이 기울고 위태로워지는 상황에 대해 한탄하며 침통해하지 않은 적이 없었다. 간혹 스스로 가슴속에 계획을 짜고 조처를 해보기까지 하면서, 반드시 먼저 기강과 근본이 되는 문제부터 정돈해야 한다고 생각하였다. 이로 보면 애당초 천하의 일을 도외시한 분이 아닌데, 일생토록 외지고 쓸쓸한 산골에 만족하였으니, 또한 어찌 세도世道의 불행이 아니겠는가?

세상에서 선생을 알아보는 자가 드물었고, 스스로 안다고 하는 자도 '산림에 은거한 부류'라고 말하는 정도였다. 알지 못하는 자들이 함부로 비방하여 불손한 언사를 가하면서 전혀 꺼리는 바가 없었으니, 아! 선생의 높은 식견, 우뚝한 절개, 엄정한 학문, 커다란 도량을 그들이 어찌 만에 하나라도 헤아릴 수 있을 것이며, 한량없이 넓은 선생의 덕을 그들이 어찌 더하거나 줄일 수 있겠는가."

寒岡曰 先生稟天地純剛之德 鍾河嶽淸淑之精 才高一世 氣蓋千古 智足以通天下之變 勇足以奪三軍之帥 有泰山壁立之像 有鳳凰高翔之趣 璨璨如峰頭之玉 顥顥如水面之月 早業文章 博通群書 謂吾人大業 初不在此 而奮然用力於爲己之事 隱居求志閉戶積學 忠信以爲本 敬義以爲主 至於歲月之久 含蓄之深 大本旣立 流轉日用之間 無非這箇動之妙 而猶不敢自謂已到於活熟無言之境 則先生之於道 可謂辛苦而後 得之者矣 先生平生未嘗一念不在於世道 至於蒼生愁苦之狀 軍國顚危之勢 未嘗不噓唏掩抑 至或私自經畫處置於胸中 而以爲必先提掇於紀綱本源之地 則初非不屑夫天下之事者 而終歲婆娑於窮山空谷之中 亦豈非世道之不幸哉 世之知先生者 旣鮮 其自謂知之者 不過曰山林隱逸之流而已 而不知者 輒復詆訶 至有加以不遜之辭 而無所忌憚焉 噫 於先生卓卓之見 磊磊之節 欽欽之學 渾渾之量 彼

烏可窺測其萬一 而於先生曠然之德 亦何足爲加損哉

• 각재 하항은 "문장으로써 넓힌 후 자신에 돌이켜 요약된 것에 나아갔다. 참됨이 쌓이고 힘씀이 오래되자 자신도 완성하고 남들도 이루어주었다."라고 하였다.

覺齋曰 旣博以文 反躬造約 眞積力久 成己成物

• 송암 이로는 다음과 같이 말하였다.

"이른 나이에 진리의 관문을 꿰뚫어, 심오한 도를 깊이 깨달았네. 정밀하게 생각하고 각고의 노력을 쏟아, 참된 학문과 실천을 행하였네. 마음의 미세한 움직임을 파헤쳐, 세밀하게 분석하고 다스렸네. 조화로움[和]·항상됨[恒]·올곧음[直]·방정함[方]을 추구하고, 엄함[嚴]·굳셈[毅]·강함[剛]·정절[貞]을 지니셨네. 깊이 수양하고 두터이 쌓아, 정신이 빛나고 내면이 넉넉하였네. 밖으로 나타나고 드러나, 모든 행실이 천리天理와 부합하였네."

松巖曰 早透眞關 妙契道奧 精思刻厲 實學實蹈 原心眇忽 析理鎦銖 和恒直方 嚴毅剛貞 養深積厚 神光內腴 而形而著 動與天符

• 원당 권문임은 "이른 나이에 근본을 확립하여, 도道가 넉넉해지는 데에 전념했네. 내면은 올곧고 외면은 반듯하니, 밖으로 덕이 드러난 것일 뿐이라네."라고 하였다.

源塘曰 早立根基 潛心道腴 內直外方 是德之隅

▪ 조계 류종지는 "힘씀이 오래되고 정밀함이 쌓여, 깊은 경지에 나아가고 참된 지경을 밟았네. 근원이 확립되었기에, 흘러나오는 것이 다르지 않았네."라고 하였다.

潮溪曰 力久精積 造深踐實 源本旣立 流出不忒

▪ 운강 조원은 다음과 같이 말하였다.

"빼어나고 깨끗하여 한 점의 티끌도 묻지 않았으니, 선생은 타고난 천성이 고결하고 정치하며 세밀했네. 근본과 말단을 남김없이 극진히 하고 내면과 외면을 관통하였으니, 선생은 학문의 조예가 깊고도 지극했네. 충신忠信과 독경篤敬을 마음에 보존하여 하느님을 마주 바라보는 듯이 낮에는 부지런히 행하고 밤에는 자신을 반성하였네. 찬란하고 순수한 빛이 외면에 드러나 봄날 햇볕이 사물에 내리듯이 곡진하게 모든 것을 비추었네. 천년 동안 그런 분이 없었더니, 다행이 나타나서 만세의 스승이 되었네."

雲岡曰 秀爽灑脫 不受一點之塵埃 而先生得於天性者 高潔精緻細密 本末殫盡 內外通貫 而先生造於學問者深極 存諸中而忠信篤敬 對越上帝 日乾夕惕 發於外而精華粹面 春陽及物 曲盡條暢 曠千載而幸出 立萬世之師範

▪ 사호 오장은 다음과 같이 말하였다.

"오백년 만에 출현한 빼어난 기상과 탁월한 행실, 문왕文王을 기다리지 않고 일어났네.[1] 삼천년 동안 도맥道脈이 황폐하였는데, 멀리 기자箕子를 계승하였네. 이른 나이로부터 기록된 말씀과 서술한 의미를 홀로 터득하였으며, 속된 학문은 문사文辭와 훈고訓詁에 많이 집착한다는 것을 깨달았네. 마음을 붙잡아 보존하고 의리를 정밀히 탐구하였네. 의義와 이利, 공公과 사私를 엄밀하게 구분하였으니, 남헌南軒이 맹자孟子에게 공로가 있는 것과 같았네. 천덕天德과 왕도王道의 학문을 분명하게 밝혔으니, 이천伊川이 공자孔子의 문호를 더욱 빛나게 한 것과 같았네. 때에 따라 폐단을 구제하였으니, 우리의 도道가 본래 그러하다네. 자신을 올바르게 세운 후에 남이 완성되도록 도와주었으니, 모든 일을 온전하게 이룬 것이네."라고 하였다.

思湖曰 五百年間氣脚跟 不待於文王 三千載偏荒脈絡 遠紹於箕子 自早年獨得夫書言象意之表 悟末學多滯於文辭訓詁之間 操之者存 索之者精 判義利公私之分 南軒有功於孟子 明天德王道之學 伊川增光於孔門 因時救弊 吾道卽然 推己爲人 能事畢矣

▪ 용주龍洲 조경趙絅은 다음과 같이 말하였다.

"학문은 안자顔子를 법도로 삼고 뜻은 이윤伊尹을 표준으로 하여, 법도를 지키며 살아가면서 인의仁義를 가슴에 간직하였다. 선생의 도道는 『주역』고괘蠱卦의 상구효사上九爻辭[2]에 있다. 그

---

1) "오백년 만에 … 일어났네" : "문왕文王을 기다렸다가 일어나는 자는 일반적인 백성이니, 호걸지사는 비록 문왕이 없더라도 홀로 일어선다."라고 말한 맹자孟子의 말에 근거한 것이다. 그 내용이 『맹자』「진심盡心」에 보인다.

도덕을 유지하여 시대에 맞지 않더라도 고결하게 스스로를 지키는 사람이 바로 그런 사람일 따름이다.

그러나 그 뜻은 임금과 백성을 걱정하는 것이었다. 그래서 선생의 입에서 나오는 모든 말이 한갓 처사處士의 큰 소리만은 아니었다.

옛날 양털갖옷을 입은 남자3)가 황제와 같이 누워잤지만, 밖에서 나라를 위해서 하는 말을 반 마디도 듣지 못했다. 태원太原의 주당周黨4)은 엎드려서 황제를 뵙지 않았을 따름이다. 이는 비록 한 때 고상한 선비라는 이름을 유지하기는 했지만, 운대雲臺 박사博士 범승范升5)의 비난이 그 뒤를 따랐다.

선생은 그렇지 않았다. 올린 바의 봉사奉事는 임금님을 바르게 하는 일과 백성들을 구제하는 대책이 아닌 것이 없었다. 천추千秋의 선비들 가운데 반도 읽지 못한 채 책을 덮고 우는 사람이 반드시 있을 것이다."

龍洲曰 學以顏子爲準則 志以伊尹爲標的 踐蹈矩矱 佩服仁義
先生之道 在蠱之上九 維持道德 不偶於時者 是已 然其志 以君
民爲憂 故率所發於口 不徒爲處士之大言也 昔羊裘男子 與帝共
臥 外無半辭補於漢室 太原周黨 伏而不謁而已 是雖宿高士 名
於一時 雲臺博士范升之譏 隨其後 先生則不然 所上封事 無非

---

2) 상구효사上九爻辭 : 효사의 전문은 "임금을 섬기지 않고, 자신이 하는 일을 고상하게 유지한다[不事王侯 高尙其事]"라는 것이다.
3) 양털갖옷을 입은 남자 : 후한後漢 때의 은자인 엄광嚴光을 가리킨다.
4) 주당周黨 : 후한 때의 은자이다.
5) 범승范升 : 후한 때의 유학자이다.

匡君之事 拯民救世之策 千載之下 必有讀未半而廢書而泣者矣

• 무민당 박인은 "선생은 도학이 끊어진 후, 사림이 참화를
겪은 뒤에 태어나, 사문斯文을 흥기시키는 것으로써 자신의 사명
을 삼아 격려하고 성취하였다. 그리하여 우리 도학道學이 힘입어
실추하지 않았고 선비들의 학문이 바탕하여 어긋나지 않았다."
라고 하였다.

無悶堂曰 先生當道學旣絶之後 士林斬伐之餘 以興起斯文爲
己任 而激厲成就 使吾道賴而不墜 士學因而不差

• 겸재謙齋 하홍도河弘度는 "과감한 행실과 온축된 덕의 아름
다움을 지녔으며, 퇴폐한 풍속을 부지하고 절박한 시대를 구제
한 공로가 있었다. 요동치는 세속의 변화 속에서 우뚝한 지주砥
柱의 기상을 견지한 것은 우리나라에 오직 이 한 분이다."라고
하였다.

謙齋曰 其果行畜德之懿 扶頹拯溺之功 砥柱奔波底氣象 在我
東國 一人而已

• 우암 송시열은 다음과 같이 말하였다.
"실질적인 공부에 종사하여, 한결같이 학문을 닦아 그 조예가
고명한 경지에 이르렀다. 준엄하고 굳세며 바르고 위대했으며,
장엄하고 경건한 마음을 항상 안으로 간직하였고, 나태한 기색
을 일체 몸에 나타내지 않았다. 만 길 절벽처럼 우뚝 선 듯하고

일월日月과 그 빛을 다툴 만한 기상이니, 지금까지도 사람들로 하여금 흠칫하여 두려운 마음이 생기고 존경하게 한다. 그 학문은 오로지 경敬과 의義를 중심으로 삼아, 주변에 있는 물건에 명銘을 붙여 스스로 경계하는 바가 모두 경의敬義였다. 그러므로 자신의 사욕을 이기는 데에는 마치 단칼에 두 동강을 내 듯하였고, 일을 처리하는 데에는 물이 만 길 절벽에 쏟아내리 듯하였으니, 우물쭈물하거나 구차한 의도가 조금도 없었다. 숨을 거둘 때에도 오히려 경의敬義로써 배우는 이들에게 정성스럽게 말씀하였으니, 이른바 '한 가닥 숨이 아직 남아 있는 한, 조금의 태만함도 용납하지 않는다.'는 것이 아니겠는가?"

• 尤庵曰 從事於朴實之地 一意進修 所造高明 嚴毅正大 莊敬之心 恒存乎中 惰慢之氣 不設於形 其壁立萬仞 日月爭光之氣象 至今猶使人凜然畏敬 其學專以敬義爲主 左右什物 所銘而自警者 無非此事 故其克己如一刀兩段 處事如水臨萬仞 絶無依違苟且之意 於啓手足 而猶以敬義 諄諄語學者 所謂一息尙存不容少懈者耶

• 간송澗松 조임도趙任道는 다음과 같이 말하였다.

"선생의 학문은 경의敬義에 힘을 쏟아 일생동안 수용受用한 것은 화和·항恒·직直·방方 네 글자일 뿐이었다. 타고난 자질이 강건하고 청명하여, 공부의 과정이 엄밀하고 실천이 확고하며, 기상이 우뚝하였다. 출처出處와 행의行義가 깨끗하고 탁월하여 한 시대의 보고 듣는 이들을 고무시켰다. 당시에 안목을 갖춘 자로서 대곡 성운·덕계 오건·한강 정구 같은 분들이 있었는데, 그 여러 선생들이 남명 선생에 대해 서술한 내용이 이미 갖추어져 있다. 선생이 가진 월등한 식견, 본체를 밝히고 쓰임에 적용하는 학문, 은미한 것을 밝히고 앞서서 볼 수 있는 명철함, 도道를 지키면서 흔들리지 않은 강개함 등은 순수하게 한결같이 올바름에서 나와 귀신에게 물어보아도 의심이 없을 것이며, 백세百世를 기다려도 의혹되는 곳이 없을 것이다. 그렇지만 아는 사람이 때로 드물었다.

대간臺諫을 지낸 개암 김우굉은 만시輓詩에서, '바다와 산악의 정기를 타고나 해와 별처럼 빛났으며, 큰 선비로서 임금을 보좌하는 데에 적합하였네. 누가 알았으랴! 힘을 쏟은 것은 오직 존양存養과 성찰省察이었으며, 효과를 가장 많이 거둬들인 곳은 내면을 곧게 하고 외면을 바르게 하는 것[敬以直內 義以方外]이었네. 우뚝한 기절氣節로써 공을 칭송하는 것은 가소로운 일이며, 빼어난 문장으로써 공의 학문을 논하는 것은 슬픈 일이라네. 알아주지 않는다고 무엇이 줄어들며 알아준다고 무엇이 더해질까? 멀리서 애사哀詞를 부치니 눈물이 옷에 가득하네.'라고 서술하였다.

대곡 선생은 또한 '독실하게 배우고 힘껏 실천하여 도道를 닦고 덕德에 나아가 조예가 정밀하고 견문이 넓어 비교할 만한 사람이 없었다. 옛날 선현들과 대등하여 후세의 학자들이 으뜸되는 스승으로 여겼다. 혹 모르는 사람들은 논의를 달리 했지만, 어찌 반드시 지금 사람들에게만 알려지기를 구하겠는가? 백세百

世를 기다려 아는 사람은 알 것이다.'라고 말하였다.

　두 선현이 논한 내용은 두루 포괄하여 남은 것이 없으니, 거의 선생의 전모를 남김없이 표현하였다. 그러나 도道가 때를 만나지 못해 암혈巖穴에서 삶을 마쳤다. 또 저술을 남겨 후세에 교훈을 드리우는 것[立言垂後]을 하찮게 여겨 마음을 두지 않았으므로, 사람들의 눈과 귀에 남아있는 선생의 유풍과 여운이 날로 사라져 전해질 수 없게 되었다. 간혹 남은 단서를 수습하여 현인賢人을 본받고 그와 같이 되기를 생각하는 바탕으로 삼으려 하지만, 그것은 빈껍데기일 뿐 깊은 경지를 엿볼 수는 없다. 겨우 염치廉恥를 알고 명분名分과 검속檢束을 귀하게 여기며 절의를 숭상하며 부귀를 하찮게 여길 수 있게 되었을 뿐인데, 문득 스스로 말하길 '이것은 조씨曹氏의 학문이다.'라고 말하니, 이 어찌 얕은 식견이라 하지 않겠는가?"

　澗松曰 先生爲學 用力於敬義 一生受用 和恒直方 四箇字而已 其天資之剛明 工程之嚴密 操履之果確 氣象之卓爾 出處行義之脫灑磊落 聳動一世瞻聆 同時具眼者 如大谷德溪寒岡諸先生敍述 備矣 至於獨得超詣之識 明體適用之學 燭微先見之明 守道不撓之介 粹然一出於正 質鬼神而無疑 俟百世而不惑處 則知者或鮮 開巖金大諫宇宏 有輓詩曰 海嶽之精日宿光 大儒端合佐皇王 誰知著力惟存省 最是收功在直方 氣節稱公猶可笑 才華論學只堪傷 不知何損知何益 遙寄哀詞淚滿裳 大谷先生亦云 篤學力行 修道進德 精識博聞 鮮與倫比 亦可追配前賢 爲來世學者宗師 而或者之不知 其論有異 何必求知於今之人 直百世以俟

知者知耳 二賢之論該括無餘 庶幾斷盡先生 而道不遇時 畢命岩
穴 又不曾屑屑留意於立言垂後 故其遺風餘韻之在人耳目者 日
就湮沒而無傳 其或掇拾緒餘 爲象賢思齊之地者 徒得其糟粕 而
未窺其閫奧 僅能識廉恥 貴名檢 崇節義 傲富貴 而便自謂曰 這
箇是曹氏之學也 豈不淺淺乎哉

이상은 제현들이 논한 것으로, 선생의 학문이 이룩한 대요를
알 수 있다. 그리하여 감히 한 편으로 엮어 책 끝에 부록한다.

右諸賢之論 可以知先生爲學大要故 敢撫爲一統 附于篇末

찾아보기

ㅎ

찾아보기

■ 장원철張源哲

고려대학교 국어국문학과 졸업
고려대학고 박사과정 수료
현재 경상대학교 한문학과 교수

■ 전병철全丙哲

계명대학교 국어국문학과 졸업
경상대학교 한문학과 문학박사
현재 경상대학교 경남문화연구원 인문한국(HK) 연구교수

남명선생편년南冥先生編年

인 쇄 2011년 2월 18일
발 행 2011년 2월 28일
편 역 장원철 · 전병철
발행인 한정희
발행처 경인문화사
주 소 서울특별시 마포구 마포동 324-3
전 화 02-718-4831~2
팩 스 02-703-9711
이메일 kyunginp@chol.com
홈페이지 http://www.kyunginp.co.kr ㅣ 한국학서적.kr
등록번호 제10-18호(1973. 11. 8)

값 10,000원
ISBN 978-89-499-0788-8 03810